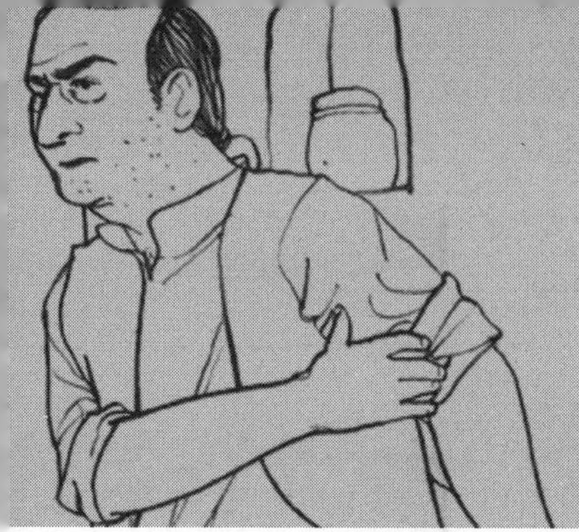

En lien avec ce livre, retrouvez sur notre chaîne **You Tube Théâtre Hatier**, des extraits vidéos de la mise en scène de Jean Liermier.

Le Médecin malgré lui

Qui sont les personnages ?

Les rôles principaux

SGANARELLE

Bûcheron ivrogne, paresseux, cupide et brutal qui bat sa femme. Pour se venger, celle-ci le fait passer pour médecin. C'est ainsi qu'il devient le « médecin malgré lui ».

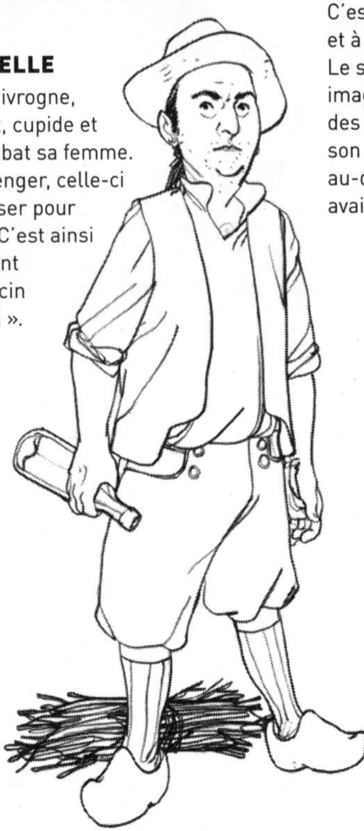

MARTINE

Femme de Sganarelle. C'est une paysanne maligne et à la langue bien pendue. Le stratagème qu'elle imagine pour se venger des coups que lui donne son mari réussit au-delà de ce qu'elle avait imaginé…

Les seconds rôles

VALÈRE et LUCAS : Domestiques de Géronte. Valère est cultivé et instruit, Lucas grossier et niais. Géronte les envoie à la recherche d'un médecin. Guidés par Martine, ils ramènent Sganarelle…

GÉRONTE

Vieux barbon (un géronte est un vieillard). Il cherche un médecin car sa fille souffre d'une étrange maladie : depuis qu'il a décidé de la marier elle est muette...

LUCINDE ET LÉANDRE

Les deux amoureux. Ils ne savent comment faire échouer le mariage projeté par Géronte. Heureusement, Jacqueline et Sganarelle vont les aider à faire triompher leur amour.

JACQUELINE : Jolie nourrice, femme de Lucas. Elle est l'alliée de Lucinde et plaît à Sganarelle.

M. ROBERT : Prototype du voisin curieux, il intervient dans la dispute de Martine et Sganarelle.

THIBAUT et son fils PERRIN : Paysans qui viennent se faire soigner, attirés par la réputation de Sganarelle.

Quelle est l'histoire ?

Les circonstances

La pièce se déroule en province, dans la demeure d'un pauvre bûcheron (acte I) puis d'un bourgeois de province (actes II et III). Le moment de l'action n'est pas situé mais on peut dire qu'il est contemporain à celui de la première représentation en 1666.

L'action

Pour se venger de Sganarelle, son mari alcoolique et violent, Martine raconte à deux valets, en quête d'un médecin, que Sganarelle en est un mais qu'il faut le battre pour qu'il le reconnaisse.

Le voilà médecin, enrôlé par Valère et Lucas pour soigner Lucinde, la fille de Géronte, leur maître, devenue muette depuis que son père veut la forcer à se marier avec un autre que Léandre.

Le but

Dans cette pièce, Molière se moque des médecins, de leur langage, dénonce leur impuissance face à la maladie. Il y critique aussi les mariages arrangés.

Le Médecin malgré lui, frontispice de l'édition de 1682 par Brissart, gravure par J. Sauvé. Paris, Bibliothèque Nationale de France.

Sganarelle la guérit en l'aidant à fuir avec Léandre qui s'est fait passer pour un pharmacien.

Géronte veut le faire pendre mais les amants reviennent : Léandre a hérité et peut épouser Lucinde. Tout est bien qui finit bien : le père accepte ce mariage, Sganarelle s'enrichit grâce à son nouveau métier de médecin et fait la paix avec Martine.

Qui est l'auteur ?

Jean-Baptiste Poquelin, dit Molière

● DE L'ILLUSTRE THÉÂTRE…

Fils d'un bourgeois,Jean-Baptiste Poquelin fait de brillantes études pour reprendre la charge de tapissier du roi de son père. Mais, à 20 ans, en 1642, il décide de devenir comédien.
Sa première troupe l'« Illustre Théâtre » fait faillite, il est emprisonné pour dettes et, en 1645, âgé de 23 ans, il est obligé de fuir en province où il apprend le métier de directeur de troupe. Il prend le nom de Molière et gagne la protection du puissant prince de Conti, amateur de théâtre.

● … À LA « TROUPE DU ROI »

De retour à Paris en 1658, sa réussite est immédiate, avec le triomphe des *Précieuses ridicules* en 1659. De puissants protecteurs le soutiennent : Monsieur, frère du roi, puis le roi lui-même qui lui donne une pension en 1665 et fait de ses comédiens la « Troupe du roi ».

● UNE FIN DE CARRIÈRE MOUVEMENTÉE

En 1664, Molière fait la satire, dans *Tartuffe*, de ceux qu'il appelle les « faux dévots ». Il pense avoir le soutien du roi mais ce dernier, devant le scandale, interdit la pièce.
Il lui faut attendre quelques années pour renouer avec le succès grâce à des comédies plus légères : *Le Médecin malgré lui*, *L'Avare*, *Les Fourberies de Scapin*. Mais il est alors déjà atteint d'une maladie pulmonaire dont il mourra en 1673, en jouant *Le Malade imaginaire*.

Le 6 août 1666,

c'est la première du *Médecin malgré lui*

Les premières représentations

Le Médecin malgré lui est joué, pour la première fois, le 6 août 1666 au théâtre du Palais-Royal à Paris, en accompagnement d'une autre de ses pièces *Le Misanthrope*. À l'époque, il était d'usage, en effet, d'associer une pièce comique et une pièce « sérieuse ». Le succès est immédiat et durable : la pièce reste à l'affiche jusqu'à la fin de 1666 et sera jouée plus de trois cents fois pendant le règne de Louis XIV.

Dans les journaux de l'époque

Dans *La Muse de la cour*, journal qui tenait la chronique du temps, les gazetiers témoignent du succès du *Médecin malgré lui*. Dès le 15 août, Robinet de Saint-Jean, souligne avec humour sa force comique :
« Un Médecin vient de paraître [...]
On peut guérir, en le voyant,
En l'écoutant, bref, en riant. »

L'influence des comédiens italiens

Molière s'inspire d'un fabliau du Moyen Âge, *Le Vilain Mire* (*le paysan médecin*). Mais il y ajoute les ingrédients du théâtre italien qu'il connaît bien pour avoir partagé, de 1658 à 1659, une salle avec Tiberio Fiorelli, directeur de la troupe des Comédiens italiens et créateur du personnage de Scaramouche. L'écriture du *Médecin* rappelle ainsi la technique des « lazzis », ces gags que les comédiens italiens intercalaient dans leurs jeux improvisés à partir d'un canevas, et les personnages — tel Sganarelle — s'inspirent des types de la commedia dell'arte.

Scaramouche (Tiberio Fiorilli dit)

Que se passe-t-il à l'époque ?

Sur le plan politique

● UNE MONARCHIE ABSOLUE

Louis XIV accède au trône à l'âge de 5 ans, en 1643. Le début de son règne est marqué par la régence d'Anne d'Autriche, sa mère. À compter de 1661, il exerce le pouvoir personnellement et sans partage, s'appuyant sur des ministres issus de la bourgeoisie (Colbert, Louvois).

● LA POLITIQUE ARTISTIQUE DU ROI

Louis XIV protège les artistes, chargés de renforcer la gloire de son règne. Il ordonne la construction du château de Versailles où il réside avec sa suite, la Cour.

● GUERRES ET PAIX

Louis XIV déclare la guerre à l'Espagne en 1667 : il veut reprendre les possessions hollandaises dont son épouse serait l'héritière. Après la conquête de la Flandre, la paix est signée à Aix-la-Chapelle en 1668. Mais d'autres guerres surviennent : à la fin du règne en 1715, le royaume est exsangue, ruiné par de multiples campagnes militaires autant que par la magnificence de la Cour.

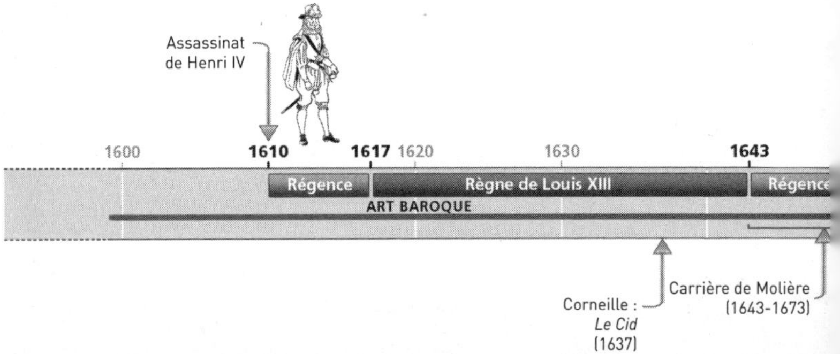

Sur le plan culturel

• LES SALONS

Dans les salons parisiens, on s'exerce à des jeux littéraires hérités de la mode précieuse : maximes, bouts-rimés, sonnets, madrigaux... Cependant les salons sont bientôt concurrencés par la Cour, à Versailles, et l'Académie.

• L'ACADÉMIE ET LE CLASSICISME

L'Académie française est créée en 1634. Placée sous l'autorité unique du roi, elle est chargée de rédiger un dictionnaire et une grammaire. Elle devient le lieu d'un débat intense sur le beau parler, le respect des règles. Elle est ainsi le théâtre de la querelle des Anciens et des Modernes, en 1687, qui oppose les partisans d'une littérature contemporaine à ceux qui défendent une littérature inspirée de l'Antiquité.

• AU THÉÂTRE : TRAGÉDIE ET COMÉDIE

À Paris, on joue encore les tragédies du vieux Corneille, l'auteur du *Cid* et de *Horace*, mais celles du jeune Racine (27 ans), dont la première pièce, *La Thébaïde*, est jouée par... Molière, commencent à les supplanter.

Molière, lui, révolutionne la comédie en lui donnant une dimension satirique qu'elle n'avait pas auparavant.

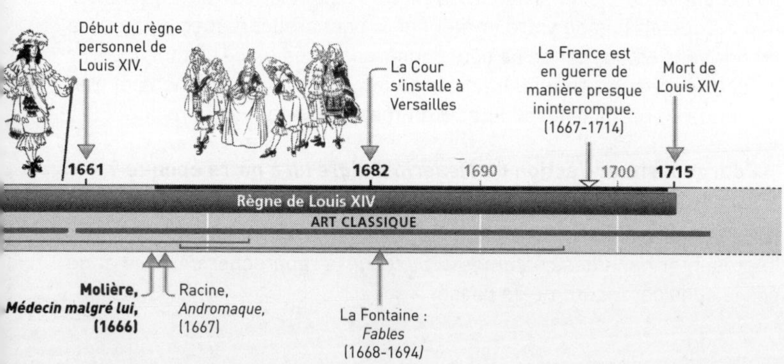

Entretien

avec **Jean Liermier** (né en 1970),
metteur en scène du *Médecin malgré lui*

Jean Liermier dirige le théâtre de Carouge à Grenoble depuis 2008. Il explique ici son interprétation et sa mise en scène du* Médecin malgré lui*, dont vous pouvez retrouver des extraits vidéos sur notre chaîne You Tube Théâtre Hatier.

« **Qui est Sganarelle pour vous ?**

Sganarelle est marchand de fagots, un petit gars sans le sou, alcoolique chronique, qui tabasse sa femme et vit aux marges, dans la forêt. Il use de ruses pour s'en sortir et profiter un maximum du système. Il n'a ni morale ni pitié, car il vit dans une microsociété qui ne repose que sur l'inégalité, et sur cette règle : écrase, écrabouille l'autre pour t'en sortir toi-même.

La maxime du spectacle pour moi est : « L'habit fait le moine ! ». Avec Éric Elmosnino, qui interprétait Sganarelle, nous avons beaucoup pensé à Jean-Claude Romand, qui s'est fait passer toute sa vie pour un médecin sans l'être. Pourquoi ne l'a-t-on jamais démasqué ? Notre société est basée sur la confiance. Il existe la théorie des plaques : si vous mettez une plaque en bas de votre immeuble, « Sganarelle, médecin », tout le monde vous croira, car on ne peut douter en permanence de tout. À partir du deuxième acte, on lui fait porter de force une blouse blanche et tout le monde se met à le considérer. Comme quoi l'habit fait le moine !

Pourquoi situer l'action du *Médecin malgré lui* à notre époque ?

Je pense en effet qu'on ne doit pas considérer cette pièce comme une farce mineure qui se jouerait dans la tradition. C'est ce qui m'a poussé à la présenter dans des costumes 1950, pour la rapprocher de nous et ne pas la considérer comme du passé.

Pourquoi Sganarelle et Martine vivent-ils dans une caravane dans votre mise en scène ?

J'ai voulu transposer une situation sociale du XVIIe siècle à notre époque. Le couple vit dans la forêt, à notre époque j'imagine qu'il habiterait derrière un embranchement d'autoroute, un lieu d'exclusion.

Cela permet de donner à voir et à entendre, en toile de fond, la crudité du drame social un peu glauque que subissent Martine et Sganarelle, qui rament dans leur caravane au bord d'une « voie rapide », et toute la violence engendrée par ce gâchis...

Molière parle-t-il vraiment de la médecine selon vous ?

Il critique surtout, comme dans *Le Malade imaginaire* ou dans *Tartuffe*, la faculté qu'ont des gens à vénérer à outrance, pour des raisons qui sont les leurs, des maîtres à penser.

Dans le premier acte, celui qui deviendra un médecin est indéfendable, mais les autres ont besoin qu'il le soit. Cela rend d'autant plus folle la crédulité des patients dans les deux actes suivants.

Lucinde, la jeune fille atteinte d'une maladie que personne n'arrive à guérir, est en réalité une simulatrice. Elle feint de ne pouvoir parler, car les relations avec son père sont houleuses, et que sa mère n'est plus là...

Sganarelle réglera la situation en la faisant boire : ivre, elle ne pourra se contrôler et « retrouvera » la parole en insultant son père...

Mais la situation devient terriblement cruelle quand au troisième acte c'est un père, avec ses enfants, qui débarque pour demander de l'aide, sa femme étant agonisante : Sganarelle sans aucun sentiment, lui livrera une croûte de formage en guise de médicaments...

Est-ce difficile de mettre en scène *Le Médecin malgré lui* ?

Je pense qu'on rit beaucoup, mais la difficulté est de trouver ce ton en demi-teinte, où le grinçant n'est jamais loin, et où l'humour (plutôt que le grotesque) devient un moyen de survie, l'arme des faibles.

Il faut dire aussi que ces pièces sont des trésors pour des comédiens, tant les situations sont fortes. Nous avons donc essayé d'être vraiment au service du poète et de prendre au sérieux chaque situation. Le comique n'était donc plus joué, mais le rire naissait de la cruauté des situations : il devenait salvateur...

LE TEXTE

Le Médecin malgré lui

Comédie

LES PERSONNAGES

SGANARELLE, *mari de Martine.*
MARTINE, *femme de Sganarelle.*
M. ROBERT, *voisin de Sganarelle.*
VALÈRE, *domestique de Géronte.*
LUCAS, *mari de Jacqueline.*
GÉRONTE, *père de Lucinde.*
JACQUELINE, *nourrice chez Géronte et femme de Lucas.*
LUCINDE, *fille de Géronte.*
LÉANDRE, *amant de Lucinde.*
THIBAUT, *père de Perrin.*
PERRIN, *fils de Thibaut, paysan.*

Acte I

La scène se passe à la campagne.

SCÈNE 1 – SGANARELLE, MARTINE

Paraissant sur le théâtre en se querellant.

SGANARELLE. – Non, je te dis que je n'en veux rien faire, et que c'est à moi de parler et d'être le maître.

MARTINE. – Et je te dis, moi, que je veux que tu vives à ma fantaisie, et que je ne suis point mariée avec toi pour souffrir tes fredaines.

SGANARELLE. – Ô la grande fatigue que d'avoir une femme ! et qu'Aristote[1] a bien raison, quand il dit qu'une femme est pire qu'un démon !

MARTINE. – Voyez un peu l'habile homme, avec son benêt d'Aristote !

SGANARELLE. – Oui, habile homme. Trouve-moi un faiseur de fagots[2] qui sache, comme moi, raisonner des choses, qui ait servi six ans un fameux médecin ➲, et qui ait su, dans son jeune âge, son rudiment[3] par cœur.

MARTINE. – Peste du fou fieffé !

SGANARELLE. – Peste de la carogne !

MARTINE. – Que maudit soit l'heure et le jour où je m'avisai d'aller dire oui[4] !

1. **Aristote** : philosophe grec du IVe siècle avant Jésus-Christ, lu par les apprentis médecins de l'époque.
2. **Faiseur de fagots** : bûcheron.
3. **Rudiment** : les bases de la grammaire latine.
4. **Dire oui** : me marier.

➲ **Cette précision explique pourquoi Sganarelle maîtrise si bien le langage des médecins.**

SGANARELLE. – Que maudit soit le bec-cornu de notaire qui me fit signer ma ruine !

MARTINE. – C'est bien à toi, vraiment, à te plaindre de cette affaire. Devrais-tu être un seul moment sans rendre grâce au ciel de m'avoir pour ta femme ? et méritais-tu d'épouser une personne comme moi ?

SGANARELLE. – Il est vrai que tu me fis trop d'honneur, et que j'eus lieu de me louer la première nuit de nos noces ! Hé ! morbleu ! ne me fais point parler là-dessus : je dirais de certaines choses...

MARTINE. – Quoi ? que dirais-tu ?

SGANARELLE. – Baste[1], laissons là ce chapitre. Il suffit que nous savons ce que nous savons, et que tu fus bien heureuse de me trouver.

MARTINE. – Qu'appelles-tu bien heureuse de te trouver ? Un homme qui me réduit à l'hôpital[2], un débauché, un traître, qui me mange tout ce que j'ai ?

SGANARELLE. – Tu as menti : j'en bois une partie.

MARTINE. – Qui me vend, pièce à pièce, tout ce qui est dans le logis.

SGANARELLE. – C'est vivre de ménage.

MARTINE. – Qui m'a ôté jusqu'au lit que j'avais !...

SGANARELLE. – Tu t'en lèveras plus matin.

MARTINE. – Enfin qui ne laisse aucun meuble dans toute la maison.

SGANARELLE. – On en déménage plus aisément.

MARTINE. – Et qui, du matin jusqu'au soir, ne fait que jouer et que boire.

SGANARELLE. – C'est pour ne me point ennuyer.

1. **Baste** : assez.
2. **Hôpital** : asile, hospice. On y loge les indigents.

MARTINE. – Et que veux-tu, pendant ce temps, que je fasse avec ma famille ?

SGANARELLE. – Tout ce qu'il te plaira.

MARTINE. – J'ai quatre pauvres petits enfants sur les bras.

SGANARELLE. – Mets-les à terre ➲.

MARTINE. – Qui me demandent à toute heure du pain.

SGANARELLE. – Donne-leur le fouet : quand j'ai bien bu et bien mangé, je veux que tout le monde soit saoul[1] dans ma maison.

MARTINE. – Et tu prétends, ivrogne, que les choses aillent toujours de même ?

SGANARELLE. – Ma femme, allons tout doucement, s'il vous plaît.

MARTINE. – Que j'endure éternellement tes insolences et tes débauches ?

SGANARELLE. – Ne nous emportons point, ma femme.

MARTINE. – Et que je ne sache pas trouver le moyen de te ranger à ton devoir ?

SGANARELLE. – Ma femme, vous savez que je n'ai pas l'âme endurante[2], et que j'ai le bras assez bon.

MARTINE. – Je me moque de tes menaces.

SGANARELLE. – Ma petite femme, ma mie, votre peau vous démange, à votre ordinaire.

MARTINE. – Je te montrerai bien que je ne te crains nullement.

SGANARELLE. – Ma chère moitié, vous avez envie de me dérober quelque chose ➲.

MARTINE. – Crois-tu que je m'épouvante de tes paroles ?

---

1. **Saoul** : rassasié.
2. **Je n'ai pas l'âme endurante** : je manque de patience.

➲ **Sganarelle joue sur les mots et ne prend pas au sérieux les récriminations de Martine.**

➲ **Périphrase humoristique : il se prépare à lui donner des coups.**

SGANARELLE. – Doux objet de mes vœux, je vous frotterai les oreilles.

MARTINE. – Ivrogne que tu es !

SGANARELLE. – Je vous battrai.

MARTINE. – Sac à vin !

SGANARELLE. – Je vous rosserai.

MARTINE. – Infâme !

SGANARELLE. – Je vous étrillerai.

MARTINE. – Traître, insolent, trompeur, lâche, coquin, pendard, gueux, belître[1], fripon, maraud, voleur... !

SGANARELLE. *(Il prend un bâton et lui en donne.)* – Ah ! vous en voulez donc ?

MARTINE. – Ah ! ah, ah, ah !

SGANARELLE. – Voilà le vrai moyen de vous apaiser.

SCÈNE 2 – M. ROBERT, SGANARELLE, MARTINE

M. ROBERT. – Holà ! holà ! holà ! Fi ! Qu'est-ce ci ? Quelle infamie ! Peste soit le coquin, de battre ainsi sa femme !

MARTINE, *les mains sur les côtés, lui parle en le faisant reculer, et à la fin lui donne un soufflet*[2]. – Et je veux qu'il me batte, moi.

M. ROBERT. – Ah ! j'y consens de tout mon cœur.

MARTINE. – De quoi vous mêlez-vous ?

M. ROBERT. – J'ai tort.

MARTINE. – Est-ce là votre affaire ?

---

1. **Belître** : coquin.
2. **Soufflet** : gifle.

M. ROBERT. – Vous avez raison.

MARTINE. – Voyez un peu cet impertinent, qui veut empêcher les maris de battre leurs femmes.

M. ROBERT. – Je me rétracte[1].

MARTINE. – Qu'avez-vous à voir là-dessus ?

M. ROBERT. – Rien.

MARTINE. – Est-ce à vous d'y mettre le nez ?

M. ROBERT. – Non.

MARTINE. – Mêlez-vous de vos affaires.

M. ROBERT. – Je ne dis plus mot.

MARTINE. – Il me plaît d'être battue.

M. ROBERT. – D'accord.

MARTINE. – Ce n'est pas à vos dépens.

M. ROBERT. – Il est vrai.

MARTINE. – Et vous êtes un sot, de venir vous fourrer où vous n'avez que faire. *(Elle lui donne un soufflet.)*

M. ROBERT *(Il passe ensuite vers le mari qui, pareillement, lui parle toujours en le faisant reculer, le frappe avec le même bâton et le met en fuite ; il dit à la fin :)* – Compère, je vous demande pardon de tout mon cœur. Faites, rossez, battez, comme il faut, votre femme ; je vous aiderai, si vous le voulez.

SGANARELLE. – Il ne me plaît pas, moi.

M. ROBERT. – Ah ! c'est une autre chose.

SGANARELLE. – Je la veux battre si je le veux, et ne la veux pas battre si je ne le veux pas.

M. ROBERT. – Fort bien.

SGANARELLE. – C'est ma femme, et non pas la vôtre.

M. ROBERT. – Sans doute.

---

1. **Je me rétracte** : je retire ce que j'ai dit.

SGANARELLE. – Vous n'avez rien à me commander.

M. ROBERT. – D'accord.

SGANARELLE. – Je n'ai que faire de votre aide.

M. ROBERT. – Très volontiers.

SGANARELLE. – Et vous êtes un impertinent, de vous ingérer[1] des affaires d'autrui. Apprenez que Cicéron dit qu'entre l'arbre et le doigt il ne faut point mettre l'écorce. *(Il le bat et le chasse. Ensuite, il revient vers sa femme, et lui dit en lui pressant la main.)* Ô çà, faisons la paix nous deux. Touche là.

MARTINE. – Oui ! après m'avoir ainsi battue !

SGANARELLE. – Cela n'est rien, touche.

MARTINE. – Je ne veux pas.

SGANARELLE. – Eh !

MARTINE. – Non.

SGANARELLE. – Ma petite femme !

MARTINE. – Point.

SGANARELLE. – Allons, te dis-je.

MARTINE. – Je n'en ferai rien.

SGANARELLE. – Viens, viens, viens.

MARTINE. – Non : je veux être en colère.

SGANARELLE. – Fi ! c'est une bagatelle. Allons, allons.

MARTINE. – Laisse-moi là.

SGANARELLE. – Touche, te dis-je.

MARTINE. – Tu m'as trop maltraitée.

SGANARELLE. – Eh bien va, je te demande pardon : mets là ta main.

MARTINE. – Je te pardonne ; (*elle dit le reste bas*) mais tu le payeras.

1. **De vous ingérer** : de vous mêler. Le verbe se construit avec une préposition aujourd'hui « de vous ingérer dans... ».

Sganarelle use d'un argument d'autorité en attribuant ce proverbe – dit de travers – à Cicéron, célèbre orateur romain (106-43 av. J. C.)

Sganarelle et Martine se querellent.

Molière, *Le Médecin malgré lui*, illustré par J. Leman. Paris, Lemonneyer, 1888.

- En quoi Sganarelle est-il menaçant sur cette vignette ?
- Selon toi, ils portent des costumes de pauvres bûcherons ou de théâtre ? Justifie ta réponse.

SGANARELLE. – Tu es une folle de prendre garde à cela ; ce sont petites choses qui sont de temps en temps nécessaires dans l'amitié ; et cinq ou six coups de bâton, entre gens qui s'aiment, ne font que ragaillardir[1] l'affection. Va, je m'en vais au bois, et je te promets aujourd'hui plus d'un cent de fagots.

SCÈNE 3 – **MARTINE**, *seule.*

Va, quelque mine que je fasse, je n'oublie pas mon ressentiment[2] ; et je brûle en moi-même de trouver les moyens de te punir des coups que tu me donnes. Je sais bien qu'une femme a toujours dans les mains de quoi se venger d'un mari ; mais c'est une punition trop délicate pour mon pendard : je veux une vengeance qui se fasse un peu mieux sentir ; et ce n'est pas contentement pour l'injure que j'ai reçue.

1. **Ragaillardir** : raviver.
2. **Ressentiment** : rancune.

LECTURE ACTIVE 1

→ Voir aussi étape 1, p. 90.

Acte I, scènes 1, 2, 3 • L'exposition

As-tu bien lu ?

1 Les deux personnages principaux sont :

☐ des voisins
☐ des amis
☐ mari et femme

2 Quel est le métier de Sganarelle ?

3 Que reproche principalement Martine à Sganarelle ?

☐ de vendre ses meubles
☐ d'être un ivrogne
☐ d'être insolent

4 À qui Martine parle-t-elle à la scène 3 ?
Qu'apprend-on pour la suite ?

Atelier théâtre

L'entrée en scène

▶ ***Objectif.*** Mimer l'entrée en scène de Sganarelle et Martine « Paraissant sur le théâtre en se querellant » (l. 1).

▶ ***Préparation.*** Placer deux chaises pour délimiter la « scène » (entre les chaises) et la « coulisse » (à l'extérieur). Visionner l'extrait de la mise en scène de Jean Liermier sur notre chaîne You Tube **Théâtre Hatier**.

▶ ***Mise en jeu.*** Par groupe de deux, entrer en scène puis traverser la scène en grommelant. Le refaire de manière à exprimer une dispute uniquement par le grommellement, sans gestes.

▶ ***Réfléchir ensemble.*** Échanger sur les performances de chaque groupe. Le grommellement a-t-il permis de comprendre le sens de la scène ?

SCÈNE 4 – VALÈRE, LUCAS, MARTINE.

LUCAS, *à Valère, sans voir Martine.* – Parguenne[1] ! j'avons pris là tous deux une gueble[2] de commission ; et je ne sais pas, moi, ce que je pensons attraper ➲.

VALÈRE, *à Lucas, sans voir Martine.* – Que veux-tu, mon pauvre nourricier[3] ? il faut bien obéir à notre maître ; et puis nous avons intérêt, l'un et l'autre, à la santé de sa fille, notre maîtresse ; et sans doute son mariage, différé par sa maladie, nous vaudrait quelque récompense. Horace, qui est libéral, a bonne part aux prétentions qu'on peut avoir sur sa personne ; et quoiqu'elle ait fait voir de l'amitié pour un certain Léandre, tu sais bien que son père n'a jamais voulu consentir à le recevoir pour son gendre ➲.

MARTINE, *rêvant à part elle.* – Ne puis-je point trouver quelque invention pour me venger ?

LUCAS. – Mais quelle fantaisie s'est-il boutée[4] là dans la tête, puisque les médecins y avont tous pardu leur latin ?

VALÈRE. – On trouve quelquefois, à force de chercher, ce qu'on ne trouve pas d'abord ; et souvent, en de simples lieux...

MARTINE. – Oui, il faut que je m'en venge à quelque prix que ce soit : ces coups de bâton me reviennent au cœur, je ne les saurais digérer, et... *(Elle dit tout ceci en rêvant, de sorte que, ne prenant pas garde à ces deux hommes, elle les heurte en se retournant, et leur*

---

1. **Parguenne** : « par le diable », déformé avec une prononciation paysanne.
2. **Gueble** : déformation de « diable ». Une tâche difficile.
3. **Nourricier** : le mari de la nourrice, Jacqueline, qui apparaît plus loin.
4. **Boutée** : mise.

➲ **Lucas parle de manière incorrecte. C'est un procédé classique pour montrer qu'il est un paysan ignorant.**

➲ **Réplique importante qui annonce une situation classique de comédie : deux prétendants se disputent la main de la même jeune fille, l'un choisi par le père et l'autre aimé de la fille.**

dit :) Ah ! Messieurs, je vous demande pardon ; je ne vous voyais pas, et cherchais dans ma tête quelque chose qui m'embarrasse.

VALÈRE. – Chacun a ses soins[1] dans le monde, et nous cherchons aussi ce que nous voudrions bien trouver ➲.

MARTINE. – Serait-ce quelque chose où je vous puisse aider ?

VALÈRE. – Cela se pourrait faire ; et nous tâchons de rencontrer quelque habile homme, quelque médecin particulier, qui pût donner quelque soulagement à la fille de notre maître, attaquée d'une maladie qui lui a ôté tout d'un coup l'usage de la langue. Plusieurs médecins ont déjà épuisé toute leur science après elle : mais on trouve parfois des gens avec des secrets admirables, de certains remèdes particuliers, qui font le plus souvent ce que les autres n'ont su faire ; et c'est là ce que nous cherchons.

MARTINE, *elle dit ces premières lignes bas.* – Ah ! que le Ciel m'inspire une admirable invention pour me venger de mon pendard ! (*Haut.*) Vous ne pouviez jamais vous mieux adresser pour rencontrer ce que vous cherchez ; et nous avons ici un homme, le plus merveilleux homme du monde, pour les maladies désespérées.

VALÈRE. – Et de grâce, où pouvons-nous le rencontrer ?

MARTINE. – Vous le trouverez maintenant vers ce petit lieu que voilà, qui s'amuse à couper du bois.

LUCAS. – Un médecin qui coupe du bois !

VALÈRE. – Qui s'amuse à cueillir des simples[2], voulez-vous dire ?

MARTINE. – Non : c'est un homme extraordinaire qui se plaît à cela, fantasque, bizarre, quinteux[3], et que vous ne prendriez jamais pour ce qu'il est. Il va vêtu d'une façon extravagante,

1. **Soins** : soucis.
2. **Simples** : plantes médicinales (voir « L'enquête », p. 113).
3. **Quinteux** : qui tousse, traduit un caractère difficile.

➲ **Valère s'exprime de manière allusive, façon de parler qui est la base du quiproquo.**

affecte quelquefois de paraître ignorant, tient sa science renfermée, et ne fuit rien tant tous les jours que d'exercer les merveilleux talents qu'il a eus du Ciel pour la médecine ➲.

VALÈRE. – C'est une chose admirable, que tous les grands hommes ont toujours du caprice, quelque petit grain de folie mêlé à leur science.

MARTINE. – La folie de celui-ci est plus grande qu'on ne peut croire, car elle va parfois jusqu'à vouloir être battu pour demeurer d'accord de sa capacité ; et je vous donne avis que vous n'en viendrez pas à bout, qu'il n'avouera jamais qu'il est médecin, s'il se le met en fantaisie, que vous ne preniez chacun un bâton, et ne le réduisiez, à force de coups, à vous confesser à la fin ce qu'il vous cachera d'abord. C'est ainsi que nous en usons quand nous avons besoin de lui.

VALÈRE. – Voilà une étrange folie !

MARTINE. – Il est vrai ; mais, après cela, vous verrez qu'il fait des merveilles.

VALÈRE. – Comment s'appelle-t-il ?

MARTINE. – Il s'appelle Sganarelle ; mais il est aisé à connaître : c'est un homme qui a une large barbe noire, et qui porte une fraise, avec un habit jaune et vert.

LUCAS. – Un habit jaune et vert ➲ ! C'est donc, le médecin des paroquets[1].

VALÈRE. – Mais est-il bien vrai qu'il soit si habile que vous le dites ?

MARTINE. – Comment ? C'est un homme qui fait des miracles. Il y a six mois qu'une femme fut abandonnée de tous les autres médecins : on la tenait morte, il y avait déjà six heures, et l'on

➲ Qu'un médecin se déguise en bûcheron est incroyable.

➲ Le médecin se reconnaît à son habit noir, d'où la stupéfaction de Lucas en apprenant que Sganarelle est en jaune et vert.

1. **Paroquets** : déformation du mot « perroquets ».

Martine

Molière, *Le Médecin malgré lui*. Costume de Martine par Gampert, 1918, Compagnie du Vieux.

- À ton avis, Martine : supplie, pardonne, raisonne, tente de calmer son interlocuteur ?
- Relis la scène 4 de l'acte I et associe l'image à une réplique précise. Justifie ta réponse.

se disposait à l'ensevelir, lorsqu'on y fit venir de force l'homme dont nous parlons. Il lui mit, l'ayant vue, une petite goutte de je ne sais quoi dans la bouche, et, dans le même instant, elle se leva de son lit, et se mit aussitôt à se promener dans sa chambre, comme si de rien n'eût été.

LUCAS. – Ah !

VALÈRE. – Il fallait que ce fût quelque goutte d'or potable[1].

MARTINE. – Cela pourrait bien être. Il n'y a pas trois semaines encore qu'un jeune enfant de douze ans tomba du haut du clocher en bas, et se brisa, sur le pavé, la tête, les bras et les jambes. On n'y eut pas plus tôt amené notre homme, qu'il le frotta par tout le corps d'un certain onguent qu'il sait faire ; et l'enfant aussitôt se leva sur ses pieds, et courut jouer à la fossette[2].

LUCAS. – Ah !

VALÈRE. – Il faut que cet homme-là ait la médecine universelle.

MARTINE. – Qui en doute ?

LUCAS. – Testigué ! velà justement l'homme qu'il nous faut. Allons vite le chercher.

VALÈRE. – Nous vous remercions du plaisir que vous nous faites.

MARTINE. – Mais souvenez-vous bien au moins de l'avertissement que je vous ai donné.

LUCAS. – Eh, morguenne ! laissez-nous faire ; s'il ne tient qu'à battre, la vache est à nous[3].

VALÈRE, *à Lucas* – Nous sommes bien heureux d'avoir fait cette rencontre ; et j'en conçois, pour moi, la meilleure espérance du monde.

---

1. **Or potable** : potion contenant de l'or, auquel on attribuait des vertus curatives miraculeuses (voir « L'enquête », p. 120).
2. **Fossette** : jeu où l'on lance des billes dans un petit trou.
3. **La vache est à nous** : image paysanne pour dire que le marché est conclu.

LECTURE ACTIVE 2

→ Voir aussi étape 1, p. 90.

Acte I, scène 4 • L'« invention » de Martine

As-tu bien lu ?

1 Lucas et Valère cherchent :

☐ un médecin ☐ un hôtel ☐ des fleurs

2 De quel mal Lucinde, la fille du maître de Valère et Lucas, est-elle frappée ? Quelle en est la conséquence ?

3 Dans quel but Martine fait-elle passer Sganarelle pour un médecin ?

4 **a.** « Ah ! que le ciel m'inspire une admirable invention pour me venger de mon pendard ! » (l. 191-192). À qui s'adresse Martine en prononçant cette réplique ?

b. Comment appelle-t-on ce type de prise de parole au théâtre ?

Atelier théâtre

L'aparté de Martine

► ***Objectif.*** Jouer un aparté.

► ***Préparation.*** Apprendre la réplique de Martine (l. 191 à 195). Un élève est sur scène pour représenter Valère ; les autres jouent Martine par groupes de quatre.

► ***Mise en jeu.*** Le groupe jouant Martine entre, s'arrête face à Valère et dit en chœur la réplique de Martine : en marquant l'aparté puis en adressant à Valère les paroles qui lui sont destinées.

► ***Réfléchir ensemble.*** Échanger sur les différentes manières utilisées pour signaler l'aparté (chuchotement, mains en cornet devant la bouche, clin d'œil).

SCÈNE 5 – SGANARELLE, VALÈRE, LUCAS

SGANARELLE, *entre sur le théâtre en chantant et tenant une bouteille.* – La, la, la.

VALÈRE. – J'entends quelqu'un qui chante, et qui coupe du bois.

SGANARELLE. – La, la, la... Ma foi, c'est assez travaillé pour boire un coup. Prenons un peu d'haleine. *(Il boit, et dit après avoir bu :)* Voilà du bois qui est salé[1] comme tous les diables. *(Il chante.)*

Qu'ils sont doux Bouteille jolie, Qu'ils sont doux
Vos petits glou-gloux !
Mais mon sort ferait bien des jaloux,
Si vous étiez toujours remplie.
Ah ! bouteille, ma mie, Pourquoi vous videz-vous ?

Allons, morbleu ! il ne faut point engendrer de mélancolie.

VALÈRE. – Le voilà lui-même.

LUCAS. – Je pense que vous dites vrai, et que j'avons bouté[2] le nez dessus.

VALÈRE. – Voyons de près.

SGANARELLE, *les apercevant, les regarde en se tournant vers l'un et puis vers l'autre et, abaissant sa voix, dit :* – Ah ! ma petite friponne ! que je t'aime, mon petit bouchon ! *(Il chante.)*

... Mon sort... ferait... bien des... jaloux,
Si...

Que diable ! à qui en veulent ces gens-là ?

VALÈRE. – C'est lui assurément.

1. **Qui est salé** : qui donne soif.
2. **Bouté** : mis.

LUCAS. – Le velà tout craché comme on nous l'a défiguré[1].

SGANARELLE, *à part. (Ici il pose la bouteille à terre, et Valère se baissant pour le saluer, comme il croit que c'est à dessein de la prendre, il la met de l'autre côté ; ensuite de quoi, Lucas faisant la même chose, il la reprend et la tient contre son estomac, avec divers gestes qui font un grand jeu de théâtre.)* – Ils consultent en me regardant. Quel dessein[2] auraient-ils ?

VALÈRE. – Monsieur, n'est-ce pas vous qui vous appelez Sganarelle ?

SGANARELLE. – Eh quoi ?

VALÈRE. – Je vous demande si ce n'est pas vous qui se nomme[3] Sganarelle.

SGANARELLE, *se tournant vers Valère, puis vers Lucas.* – Oui, et non, selon ce que vous lui voulez.

VALÈRE. – Nous ne voulons que lui faire toutes les civilités que nous pourrons.

SGANARELLE. – En ce cas, c'est moi qui se nomme Sganarelle.

VALÈRE. – Monsieur, nous sommes ravis de vous voir. On nous a adressés à vous pour ce que nous cherchons ; et nous venons implorer votre aide, dont nous avons besoin.

SGANARELLE. – Si c'est quelque chose, Messieurs, qui dépende de mon petit négoce[4], je suis tout prêt à vous rendre service.

VALÈRE. – Monsieur, c'est trop de grâce que vous nous faites. Mais, Monsieur, couvrez-vous, s'il vous plaît ; le soleil pourrait vous incommoder.

LUCAS. – Monsieu, boutez dessus[5].

---

1. **Défiguré** : décrit.
2. **Dessein** : projet.
3. **Qui se nomme** : tournure incorrecte pour « qui vous nommez ».
4. **Négoce** : commerce. Sganarelle vend du bois de chauffage, des « fagots ».
5. **Boutez dessus** : mettez votre chapeau sur votre tête.

SGANARELLE, *bas*. – Voici des gens bien pleins de cérémonie.

VALÈRE. – Monsieur, il ne faut pas trouver étrange que nous venions à vous : les habiles gens sont toujours recherchés, et nous sommes instruits de votre capacité.

SGANARELLE. – Il est vrai, Messieurs, que je suis le premier homme du monde, pour faire des fagots.

VALÈRE. – Ah ! Monsieur...

SGANARELLE. – Je n'y épargne aucune chose, et les fais d'une façon qu'il n'y a rien à dire.

VALÈRE. – Monsieur, ce n'est pas cela dont il est question.

SGANARELLE. – Mais aussi je les vends cent dix sols le cent.

VALÈRE. – Ne parlons point de cela, s'il vous plaît.

SGANARELLE. – Je vous promets que je ne saurais les donner à moins.

VALÈRE. – Monsieur, nous savons les choses.

SGANARELLE. – Si vous savez les choses, vous savez que je les vends cela.

VALÈRE. – Monsieur, c'est se moquer que...

SGANARELLE. – Je ne me moque point, je n'en puis rien rabattre.

VALÈRE. – Parlons d'autre façon, de grâce.

SGANARELLE. – Vous en pourrez trouver autre part à moins : il y a fagots et fagots ; mais pour ceux que je fais...

VALÈRE. – Eh ? Monsieur, laissons là ce discours.

SGANARELLE. – Je vous jure que vous ne les auriez pas, s'il s'en fallait un double[1].

VALÈRE. – Eh fi !

SGANARELLE. – Non, en conscience, vous en payerez cela. Je vous parle sincèrement, et ne suis pas homme à surfaire.

1. **Double** : petite pièce de monnaie. Sganarelle ne veut pas négocier, même pour un centime.

Valère et Sganarelle emploient des termes généraux qui prêtent à confusion, source du quiproquo* de cette scène.

VALÈRE. – Faut-il, Monsieur, qu'une personne comme vous s'amuse à ces grossières feintes[1] ? s'abaisse à parler de la sorte ? qu'un homme si savant, un fameux médecin, comme vous êtes, veuille se déguiser aux yeux du monde, et tenir enterrés les beaux talents qu'il a ?

SGANARELLE, *à part.* – Il est fou.

VALÈRE. – De grâce, Monsieur, ne dissimulez point avec nous.

SGANARELLE. – Comment ?

LUCAS. – Tout ce tripotage[2] ne sart de rian ; je savons ce que je savons.

SGANARELLE. – Quoi donc ? que me voulez-vous dire ? Pour qui me prenez-vous ?

VALÈRE. – Pour ce que vous êtes, pour un grand médecin.

SGANARELLE. – Médecin vous-même : je ne le suis point et ne l'ai jamais été.

VALÈRE, *bas.* – Voilà sa folie qui le tient. *(Haut.)* Monsieur, ne veuillez point nier les choses davantage ; et n'en venons point, s'il vous plaît, à de fâcheuses extrémités.

SGANARELLE. – À quoi donc ?

VALÈRE. – À de certaines choses dont nous serions marris[3].

SGANARELLE. – Parbleu ! venez-en à tout ce qu'il vous plaira : je ne suis point médecin, et ne sais ce que vous me voulez dire.

VALÈRE, *bas.* – Je vois bien qu'il faut se servir du remède. (*Haut.*) Monsieur, encore un coup, je vous prie d'avouer ce que vous êtes.

LUCAS. – Et testigué ! ne lantiponez[4] point davantage, et confessez à la franquette que v'êtes médecin.

---

1. **Feintes** : simulations.
2. **Tripotage** : mélange, complication (terme populaire).
3. **Marris** : attristés, chagrinés.
4. **Lantiponez** : de lanterner, traîner, par déformation paysanne.

SGANARELLE, *à part*. – J'enrage.

VALÈRE. – À quoi bon nier ce qu'on sait ?

LUCAS. – Pourquoi toutes ces fraimes-là[1] ? et à quoi est-ce que ça vous sart ?

SGANARELLE. – Messieurs, en un mot autant qu'en deux mille, je vous dis que je ne suis point médecin.

VALÈRE. – Vous n'êtes point médecin ?

SGANARELLE. – Non.

LUCAS. – V'n'êtes pas médecin ?

SGANARELLE. – Non, vous dis-je.

VALÈRE. – Puisque vous le voulez, il faut donc s'y résoudre. *(Ils prennent un bâton et le frappent.)*

SGANARELLE. – Ah ! ah ! ah ! Messieurs, je suis tout ce qu'il vous plaira.

VALÈRE. – Pourquoi, Monsieur, nous obligez-vous à cette violence ?

LUCAS. – À quoi bon nous bailler[2] la peine de vous battre ?

VALÈRE. – Je vous assure que j'en ai tous les regrets du monde.

LUCAS. – Par ma figué[3] ! j'en sis fâché, franchement.

SGANARELLE. – Que diable est-ce ci, Messieurs ? De grâce, est-ce pour rire, ou si tous deux vous extravaguez, de vouloir que je sois médecin ?

VALÈRE. – Quoi ? vous ne vous rendez pas encore, et vous vous défendez d'être médecin ?

SGANARELLE. – Diable emporte si je le suis !

LUCAS. – Il n'est pas vrai qu'vous sayez médecin ?

SGANARELLE. – Non, la peste m'étouffe ! *(Là ils recommencent de le battre.)* Ah ! Ah ! Eh bien, Messieurs, oui, puisque vous le

1. **Fraimes** : frimes, déguisement, mauvais accueil.
2. **Bailler** : donner.
3. **Par ma figué** : par ma foi. nouvelle déformation paysanne.

voulez, je suis médecin, je suis médecin ; apothicaire encore, si vous le trouvez bon. J'aime mieux consentir à tout que de me faire assommer.

VALÈRE. – Ah ! voilà qui va bien, Monsieur : je suis ravi de vous voir raisonnable.

LUCAS. – Vous me boutez la joie au cœur, quand je vous voi parler comme ça.

VALÈRE. – Je vous demande pardon de toute mon âme.

LUCAS. – Je vous demandons excuse de la libarté que j'avons prise.

SGANARELLE, *à part.* – Ouais ! serait-ce bien moi qui me tromperais, et serais-je devenu médecin sans m'en être aperçu ?

VALÈRE. – Monsieur, vous ne vous repentirez pas de nous montrer ce que vous êtes ; et vous verrez assurément que vous en serez satisfait.

SGANARELLE. – Mais, Messieurs, dites-moi, ne vous trompez-vous point vous-mêmes ? Est-il bien assuré que je sois médecin ?

LUCAS. – Oui, par ma figué !

SGANARELLE. – Tout de bon ?

VALÈRE. – Sans doute.

SGANARELLE. – Diable emporte si je le savais !

VALÈRE. – Comment ? vous êtes le plus habile médecin du monde.

SGANARELLE. – Ah ! ah !

LUCAS. – Un médecin qui a gari[1] je ne sais combien de maladies.

SGANARELLE. – Tudieu !

VALÈRE. – Une femme était tenue pour morte il y avait six heures ; elle était prête à ensevelir, lorsque, avec une goutte de quelque chose, vous la fîtes revenir et marcher d'abord par la chambre.

SGANARELLE. – Peste !

1. **Gari** : guéri.

LUCAS. – Un petit enfant de douze ans se laissit choir[1] du haut d'un clocher, de quoi il eut la tête, les jambes et les bras cassés ; et vous, avec je ne sais quel onguent, vous fîtes qu'aussitôt il se relevit sur ses pieds et s'en fut jouer à la fossette.

SGANARELLE. – Diantre !

VALÈRE. – Enfin, Monsieur, vous aurez contentement avec nous ; et vous gagnerez ce que vous voudrez, en vous laissant conduire où nous prétendons vous mener.

SGANARELLE. – Je gagnerai ce que je voudrai ?

VALÈRE. – Oui.

SGANARELLE. – Ah ! je suis médecin, sans contredit : je l'avais oublié, mais je m'en ressouviens. De quoi est-il question ? Où faut-il se transporter ?

VALÈRE, *bas, à Lucas.* – Nous vous conduirons. Il est question d'aller voir une fille qui a perdu la parole.

SGANARELLE. – Ma foi ! je ne l'ai pas trouvée.

VALÈRE. – Il aime à rire. Allons, Monsieur.

SGANARELLE. – Sans une robe de médecin ?

VALÈRE. – Nous en prendrons une.

SGANARELLE, *présentant sa bouteille à Valère.* – Tenez cela, vous : voilà où je mets mes juleps[2]. *(Puis se tournant vers Lucas en crachant.)* Vous, marchez là-dessus, par ordonnance du médecin.

LUCAS. – Palsanguenne ! velà un médecin qui me plaît : je pense qu'il réussira, car il est bouffon[3].

---

1. **Choir** : tomber.
2. **Juleps** : potion douce et agréable que l'on donne aux malades. Le mot se prononce « julet ».
3. **Bouffon** : comique.

Le costume fait le médecin... (voir « L'enquête », p. 114).

➔ Voir aussi étape 2, p. 92.

Acte I, scène 5 • Sganarelle devient médecin

As-tu bien lu ?

1 Lorsque Lucas et Valère l'abordent, Sganarelle comprend qu'ils veulent :
☐ le punir
☐ lui voler sa bouteille
☐ lui acheter des fagots

2 **a.** Lorsque Valère utilise l'expression « les habiles gens » (l. 306), de qui veut-il parler ?
☐ des médecins
☐ des faiseurs de fagots

b. Sganarelle, lui, pense que Valère parle :
☐ des médecins
☐ des faiseurs de fagots

3 Donne les deux raisons qui poussent finalement Sganarelle à accepter de dire qu'il est médecin.

Atelier théâtre

La marche des valets

▶ ***Objectif.*** Trouver la démarche correspondant à un « caractère ».

▶ ***Préparation.*** Réfléchir sur le contraste entre les deux valets, Lucas et Valère, et les caractériser chacun par des adjectifs que l'on note au tableau. Observer la démarche de Lucas et Valère dans la mise en scène de Jean Liermier sur notre chaîne You Tube **Théâtre Hatier**.

▶ ***Mise en jeu.*** Par groupe de deux, entrer en scène puis traverser la scène en marchant l'un comme Lucas, l'autre comme Valère. Le refaire une deuxième fois en faisant intervenir les bras et les mains.

▶ ***Réfléchir ensemble.*** Échanger sur l'effet produit par la démarche.

Sganarelle face à Valère et Lucas
Gravure de Pierre Brissart pour *Le Médecin malgré lui*, in « Les Œuvres de M. de Molière », Paris, 1682. Versailles, Bibliothèque municipale centrale.

- À quoi reconnais-tu les personnages ?
- Peux-tu associer une réplique précise à cette gravure ?

Acte II

SCÈNE 1 – GÉRONTE, VALÈRE, LUCAS, JACQUELINE

VALÈRE. – Oui, Monsieur, je crois que vous serez satisfait ; et nous vous avons amené le plus grand médecin du monde.

LUCAS. – Oh ! morguenne ! il faut tirer l'échelle après ceti-là, et tous les autres ne sont pas daignes de li déchausser ses souillez ➲.

VALÈRE. – C'est un homme qui a fait des cures merveilleuses.

LUCAS. – Qui a gari des gens qui estiant morts.

VALÈRE. – Il est un peu capricieux, comme je vous ai dit ; et parfois il a des moments où son esprit s'échappe et ne paraît pas ce qu'il est.

LUCAS. – Oui, il aime à bouffonner ; et l'an dirait par fois, ne v's' en déplaise, qu'il a quelque petit coup de hache à la tête[1].

VALÈRE. – Mais, dans le fond, il est toute science, et bien souvent il dit des choses tout à fait relevées.

LUCAS. – Quand il s'y boute[2], il parle tout fin drait, comme s'il lisait dans un livre.

VALÈRE. – Sa réputation s'est déjà répandue ici, et tout le monde vient à lui.

GÉRONTE. – Je meurs d'envie de le voir ; faites-le-moi vite venir.

VALÈRE. – Je le vais quérir[3].

1. **Il a quelque petit coup de hache à la tête** : il est un peu dérangé.
2. **S'y bouter** : s'y mettre, se pencher sur un problème.
3. **Quérir** : chercher.

➲ **Il est le meilleur et les autres ne sont pas dignes de le déchausser. Hyperbole comique.**

JACQUELINE. – Par ma fi, Monsieu, ceti-ci fera justement ce qu'ant fait les autres. Je pense que ce sera queussi queumi[1] ; et la meilleure médeçaine que l'an pourrait bailler à votre fille, ce serait, selon moi, un biau et bon mari, pour qui elle eût de l'amiquié ➲.

GÉRONTE. – Ouais ! Nourrice, ma mie, vous vous mêlez de bien des choses.

LUCAS. – Taisez-vous, notre ménagère[2] Jaquelaine : ce n'est pas à vous à bouter là votre nez.

JACQUELINE. – Je vous dis et vous douze[3] que tous ces médecins n'y feront rian que de l'iau claire[4] ; que votre fille a besoin d'autre chose que de ribarbe et de sené[5], et qu'un mari est une emplâtre[6] qui garit tous les maux des filles.

GÉRONTE. – Est-elle en état maintenant, qu'on s'en voulût charger[7], avec l'infirmité qu'elle a ? Et lorsque j'ai été dans le dessein de la marier, ne s'est-elle pas opposée à mes volontés ?

JACQUELINE. – Je le crois bian : vous li vouilliez bailler cun[8] homme qu'alle n'aime point. Que ne preniais-vous ce Monsieu Liandre, qui li touchait au cœur ? Alle aurait été fort obéissante ; et je m'en vas gager qu'il la prendrait, li, comme alle est, si vous la li vouillais donner.

GÉRONTE. – Ce Léandre n'est pas ce qu'il lui faut : il n'a pas du bien[9] comme l'autre.

---

1. **Queussi queumi** : du pareil au même.
2. **Ménagère** : épouse.
3. **Vous dis et vous douze** : jeu de mots campagnard qui renforce l'affirmation.
4. **Rian que de l'iau claire** : autant lui faire boire de l'eau.
5. **Ribarbe, séné** : médicaments.
6. **Emplâtre** : pansement.
7. **Qu'on s'en voulût charger** : qu'on veuille l'épouser.
8. **Cun** : qu'un.
9. **Du bien** : des richesses.

➲ **Jacqueline explique ici que Lucinde simule la maladie pour ne pas se marier.**

JACQUELINE. – Il a un oncle qui est si riche, dont il est hériquié.

GÉRONTE. – Tous ces biens à venir me semblent autant de chansons. Il n'est rien tel que ce qu'on tient ; et l'on court grand risque de s'abuser, lorsque l'on compte sur le bien qu'un autre vous garde. La mort n'a pas toujours les oreilles ouvertes aux vœux et aux prières de Messieurs les héritiers ; et l'on a le temps d'avoir les dents longues[1], lorsqu'on attend, pour vivre, le trépas de quelqu'un ➲.

JACQUELINE. – Enfin j'ai toujours ouï dire qu'en mariage, comme ailleurs, contentement passe richesse. Les pères et les mères ant cette maudite couteume de demander toujours : « Qu'a-t-il ? » et « Qu'a-t-elle ? » et le compère Biarre a marié sa fille Simonette au gros Thomas pour un quarquié de vaigne[2] qu'il avait davantage que le jeune Robin, où alle avait bouté son amiquié ; et velà que la pauvre creiature en est devenue jaune comme un coing, et n'a point profité tout depuis ce temps-là. C'est un bel exemple pour vous, Monsieu. On n'a que son plaisir en ce monde ; et j'aimerais mieux bailler à ma fille un bon mari qui li fût agriable, que toutes les rentes de la Biausse[3].

GÉRONTE. – Peste ! Madame la Nourrice, comme vous dégoisez[4] ! Taisez-vous, je vous prie ; vous prenez trop de soin, et vous échauffez votre lait.

LUCAS, *en disant ceci, il frappe sur la poitrine de Géronte.* – Morgué ! tais-toi, t'es cune[5] impartinante. Monsieu n'a que faire de tes discours, et il sait ce qu'il a à faire. Mêle-toi de donner à teter à

1. **Avoir les dents longues** : avoir faim.
2. **Un quarquié de vaigne** : un champ de vigne.
3. **Biausse** : la Beauce, riche région agricole.
4. **Dégoiser** : parler trop et mal.
5. **Cune** : qu'une.

➲ **Valère fait valoir qu'il attend un héritage, Géronte lui rétorque qu'il ne faut pas vendre la peau de l'ours avant de l'avoir tué, ou dépenser son héritage avant de l'avoir reçu.**

ton enfant, sans tant faire la raisonneuse. Monsieur est le père de sa fille, et il est bon et sage pour voir ce qu'il li faut.

GÉRONTE. – Tout doux ! oh ! tout doux !

LUCAS, *frappant encore sur l'épaule de Géronte.* – Monsieu, je veux un peu la mortifier, et li apprendre le respect qu'alle vous doit.

GÉRONTE. – Oui ; mais ces gestes ne sont pas nécessaires.

SCÈNE 2 – VALÈRE, SGANARELLE, GÉRONTE, LUCAS, JACQUELINE

VALÈRE. – Monsieur, préparez-vous. Voici notre médecin qui entre.

GÉRONTE, *à Sganarelle.* – Monsieur, je suis ravi de vous voir chez moi, et nous avons grand besoin de vous.

SGANARELLE, *en robe de médecin, avec un chapeau des plus pointus.* – Hippocrate ➲ dit... que nous nous couvrions tous deux.

GÉRONTE. – Hippocrate dit cela ?

SGANARELLE. – Oui.

GÉRONTE. – Dans quel chapitre, s'il vous plaît ?

SGANARELLE. – Dans son chapitre des chapeaux.

GÉRONTE. – Puisque Hippocrate le dit, il le faut faire.

SGANARELLE. – Monsieur le médecin, ayant appris les merveilleuses choses...

GÉRONTE. – À qui parlez-vous, de grâce ?

SGANARELLE. – À vous.

GÉRONTE. – Je ne suis pas médecin.

➲ À l'époque, un médecin connaît par cœur les textes « anciens » sur la médecine. Sganarelle joue bien le rôle en émaillant son discours de fausses citations d'Hippocrate, médecin grec de l'Antiquité.

L'arrivée de Sganarelle habillé en médecin

Molière, *Le Médecin malgré lui*, illustré par J. Leman. Paris, Lemonneyer, 1888.

- Que penses-tu du costume des médecins du XVIIe siècle ? Le trouves-tu fonctionnel ou d'apparat ? Justifie ta réponse.
- Selon toi, la tenue des médecins s'est-elle améliorée avec le temps ? Pourquoi ?
- À ton avis est-ce utile que l'on puisse reconnaître les médecins à leur costume ?

SGANARELLE. – Vous n'êtes pas médecin ?

GÉRONTE. – Non vraiment.

SGANARELLE, *prend ici un bâton, et le bat, comme on l'a battu.* – Tout de bon ?

GÉRONTE. – Tout de bon. Ah ! ah ! ah !

SGANARELLE. – Vous êtes médecin maintenant : je n'ai jamais eu d'autres licences[1].

GÉRONTE. – Quel diable d'homme m'avez-vous là amené ?

VALÈRE. – Je vous ai bien dit que c'était un médecin goguenard[2].

GÉRONTE. – Oui ; mais je l'envoirais promener avec ses goguenarderies.

LUCAS. – Ne prenez pas garde à ça, Monsieu : ce n'est que pour rire.

GÉRONTE. – Cette raillerie ne me plaît pas.

SGANARELLE. – Monsieur, je vous demande pardon de la liberté que j'ai prise.

GÉRONTE. – Monsieur, je suis votre serviteur.

SGANARELLE. – Je suis fâché...

GÉRONTE. – Cela n'est rien.

SGANARELLE. – Des coups de bâton...

GÉRONTE. – Il n'y a pas de mal.

SGANARELLE. – Que j'ai eu l'honneur de vous donner.

GÉRONTE. – Ne parlons plus de cela. Monsieur, j'ai une fille qui est tombée dans une étrange maladie.

SGANARELLE. – Je suis ravi, Monsieur, que votre fille ait besoin de moi ; et je souhaiterais de tout mon cœur que vous en eussiez besoin aussi, vous et toute votre famille, pour vous témoigner l'envie que j'ai de vous servir.

---

1. **Licences** : titres, diplômes.
2. **Goguenard** : moqueur.

GÉRONTE. – Je vous suis obligé de ces sentiments.

SGANARELLE. – Je vous assure que c'est du meilleur de mon âme que je vous parle ➊.

GÉRONTE. – C'est trop d'honneur que vous me faites.

SGANARELLE. – Comment s'appelle votre fille ?

GÉRONTE. – Lucinde.

SGANARELLE. – Lucinde ! Ah ! beau nom à médicamenter ! Lucinde !

GÉRONTE. – Je m'en vais voir un peu ce qu'elle fait.

SGANARELLE. – Qui est cette grande femme-là ?

GÉRONTE. – C'est la nourrice d'un petit enfant que j'ai.

SGANARELLE. – Peste ! le joli meuble que voilà ! Ah ! Nourrice, charmante nourrice, ma médecine est la très humble esclave de votre nourricerie, et je voudrais bien être le petit poupon fortuné qui tetât le lait de vos bonnes grâces *(il lui porte la main sur le sein)*. Tous mes remèdes, toute ma science, toute ma capacité est à votre service, et...

LUCAS. – Avec votre parmission, Monsieu le Médecin, laissez là ma femme, je vous prie.

SGANARELLE. – Quoi ? est-elle votre femme ?

LUCAS. – Oui.

SGANARELLE, *fait semblant d'embrasser Lucas, et se tournant du côté de la nourrice, il l'embrasse.* – Ah ! vraiment, je ne savais pas cela, et je m'en réjouis pour l'amour de l'un et de l'autre.

LUCAS, *en le tirant.* – Tout doucement, s'il vous plaît.

SGANARELLE. – Je vous assure que je suis ravi que vous soyez unis ensemble. Je la félicite d'avoir *(il fait encore semblant d'embrasser Lucas, et, passant dessous ses bras, se jette au col de sa femme)* un

➊ En fait Sganarelle pense aux bénéfices qu'il pourrait faire en les soignant.

mari comme vous ; et je vous félicite, vous, d'avoir une femme si belle, si sage, et si bien faite, comme elle est.

LUCAS, *en le tirant encore.* – Eh ! testigué ! point tant de compliments, je vous supplie.

SGANARELLE. – Ne voulez-vous pas que je me réjouisse avec vous d'un si bel assemblage ?

LUCAS. – Avec moi, tant qu'il vous plaira ; mais avec ma femme, trêve de sarimonie[1].

SGANARELLE. – Je prends part également au bonheur de tous deux ; et *(il continue le même jeu)* si je vous embrasse pour vous en témoigner ma joie, je l'embrasse de même pour lui en témoigner aussi.

LUCAS, *en le tirant derechef.* – Ah ! vartigué, Monsieu le Médecin, que de lantiponages[2].

1. **Sarimonie** : déformation paysanne de cérémonies.
2. **Lantiponages** : gesticulations, lenteurs.

LECTURE ACTIVE 4

Acte II, scènes 1 et 2 • L'arrivée chez Géronte

As-tu bien lu ?

1 **a.** Jacqueline (scène 1) doute de la compétence des médecins en général et de celle de Sganarelle en particulier. Pour guérir Lucinde, elle propose :

☐ de l'envoyer en vacances

☐ de la marier avec celui qu'elle aime

☐ qu'elle obéisse à son père

b. Que lui ordonnent Géronte et Lucas ?

2 Quelles mésaventures subit Géronte dans la scène 2 ?

3 Sganarelle s'intéresse-t-il à la bonne malade dans cette scène 2 ? Pourquoi ?

Atelier théâtre

Improviser à partir d'un texte

▸ ***Objectif.*** Jouer la discussion entre Géronte et Jacqueline (l. 455 à 498) en la transposant en langage contemporain.

▸ ***Préparation.*** La classe se partage en groupes de six. Chaque groupe établit un « canevas » (plan) de la discussion de manière à en avoir bien en tête le déroulement.

▸ ***Mise en jeu.*** Par groupe de deux, les élèves volontaires improvisent à partir du canevas écrit auquel ils peuvent se reporter.

▸ ***Réfléchir ensemble.*** Se demander ce que le langage contemporain apporte aux scènes 1 et 2 et préciser les difficultés rencontrées pour improviser.

▸ ***Comparer.*** Comparer avec la mise en scène de Jean Liermier disponible sur notre chaîne You Tube **Théâtre Hatier**.

SCÈNE 3 – SGANARELLE, GÉRONTE, LUCAS, JACQUELINE

GÉRONTE. – Monsieur, voici tout à l'heure[1] ma fille qu'on va vous amener.

SGANARELLE. – Je l'attends, Monsieur, avec toute la médecine.

GÉRONTE. – Où est-elle ?

SGANARELLE, *se touchant le front.* – Là-dedans.

GÉRONTE. – Fort bien.

SGANARELLE, *en voulant toucher les tétons de la nourrice.* – Mais comme je m'intéresse à toute votre famille, il faut que j'essaye un peu le lait de votre nourrice, et que je visite son sein.

LUCAS, *le tirant, en lui faisant faire la pirouette.* – Nanin, nanin ; je n'avons que faire de ça.

SGANARELLE. – C'est l'office du médecin de voir les tétons des nourrices.

LUCAS. – Il gnia office qui quienne, je sis votte sarviteur.

SGANARELLE. – As-tu bien la hardiesse de t'opposer au médecin ? Hors de là !

LUCAS. – Je me moque de ça.

SGANARELLE, *en le regardant de travers.* – Je te donnerai la fièvre.

JACQUELINE, *prenant Lucas par le bras, et lui faisant aussi faire la pirouette.* – Ôte-toi de là aussi ; est-ce que je ne sis pas assez grande pour me défendre moi-même, s'il me fait quelque chose qui ne soit pas à faire ?

LUCAS. – Je ne veux pas qu'il te tâte moi.

SGANARELLE. – Fi, le vilain, qui est jaloux de sa femme !

GÉRONTE. – Voici ma fille.

1. **Tout à l'heure** : tout de suite.

SCÈNE 4 – LUCINDE, VALÈRE, GÉRONTE, LUCAS, SGANARELLE, JACQUELINE

SGANARELLE. – Est-ce là la malade ?

GÉRONTE. – Oui, je n'ai qu'elle de fille ; et j'aurais tous les regrets du monde si elle venait à mourir.

SGANARELLE. – Qu'elle s'en garde bien ! il ne faut pas qu'elle meure sans l'ordonnance du médecin.

GÉRONTE. – Allons, un siège.

SGANARELLE. – Voilà une malade qui n'est pas tant dégoûtante, et je tiens qu'un homme bien sain s'en accommoderait assez.

GÉRONTE. – Vous l'avez fait rire, Monsieur.

SGANARELLE. – Tant mieux. Lorsque le médecin fait rire le malade, c'est le meilleur signe du monde. *(À Lucinde.)* Eh bien ! de quoi est-il question ? qu'avez-vous ? quel est le mal que vous sentez ?

LUCINDE, *répond par signes, en portant sa main à sa bouche, à sa tête et sous son menton.* – Han, hi, hom, han.

SGANARELLE. – Eh ! que dites-vous ?

LUCINDE, *continue les mêmes gestes.* – Han, hi, hom, han, han, hi, hom.

SGANARELLE. – Quoi ?

LUCINDE. – Han, hi, hom.

SGANARELLE, *la contrefaisant.* – Han, hi, hom, han, ha : je ne vous entends[1] point. Quel diable de langage est-ce là ?

GÉRONTE. – Monsieur, c'est là sa maladie. Elle est devenue muette, sans que jusques ici on en ait pu savoir la cause ; et c'est un accident qui a fait reculer son mariage.

SGANARELLE. – Et pourquoi ?

1. **Entendre** : comprendre.

GÉRONTE. – Celui qu'elle doit épouser veut attendre sa guérison pour conclure les choses.

SGANARELLE. – Et qui est ce sot-là qui ne veut pas que sa femme soit muette ? Plût à Dieu que la mienne eût cette maladie ! je me garderais bien de la vouloir guérir.

GÉRONTE. – Enfin, Monsieur, nous vous prions d'employer tous vos soins pour la soulager de son mal.

SGANARELLE. – Ah ! ne vous mettez pas en peine. Dites-moi un peu, ce mal l'oppresse-t-il beaucoup ?

GÉRONTE. – Oui, Monsieur.

SGANARELLE. – Tant mieux. Sent-elle de grandes douleurs ➲ ?

GÉRONTE. – Fort grandes.

SGANARELLE. – C'est fort bien fait. Va-t-elle où vous savez ?

GÉRONTE. – Oui.

SGANARELLE. – Copieusement ?

GÉRONTE. – Je n'entends rien à cela.

SGANARELLE. – La matière est-elle louable ➲ ?

GÉRONTE. – Je ne me connais pas à ces choses.

SGANARELLE, *se tournant vers la malade.* – Donnez-moi votre bras. Voilà un pouls qui marque que votre fille est muette.

GÉRONTE. – Eh oui, Monsieur, c'est là son mal ; vous l'avez trouvé tout du premier coup.

SGANARELLE. – Ah, ah !

JACQUELINE. – Voyez comme il a deviné sa maladie !

SGANARELLE. – Nous autres grands médecins, nous connaissons d'abord[1] les choses. Un ignorant aurait été embarrassé, et vous

➲ Sganarelle effectue de manière comique les actes d'une consultation (voir « L'enquête », p. 117).

➲ Sganarelle parle des excréments de Lucinde dont l'examen était l'un des éléments d'une consultation. Mais ici ce dialogue prend un tour comique.

1. **D'abord** : tout de suite.

eût été dire : « C'est ceci, c'est cela » ; mais moi, je touche au but du premier coup, et je vous apprends que votre fille est muette.

GÉRONTE. – Oui ; mais je voudrais bien que vous me pussiez dire d'où cela vient.

SGANARELLE. – Il n'est rien plus aisé : cela vient de ce qu'elle a perdu la parole.

GÉRONTE. – Fort bien ; mais la cause, s'il vous plaît, qui fait qu'elle a perdu la parole ?

SGANARELLE. – Tous nos meilleurs auteurs vous diront que c'est l'empêchement de l'action de sa langue.

GÉRONTE. – Mais encore, vos sentiments sur cet empêchement de l'action de sa langue ?

SGANARELLE. – Aristote, là-dessus, dit... de fort belles choses.

GÉRONTE. – Je le crois.

SGANARELLE. – Ah ! c'était un grand homme !

GÉRONTE. – Sans doute.

SGANARELLE, *levant son bras depuis le coude.* – Grand homme tout à fait : un homme qui était plus grand que moi de tout cela. Pour revenir donc à notre raisonnement, je tiens que cet empêchement de l'action de sa langue est causé par de certaines humeurs, qu'entre nous autres savants nous appelons humeurs peccantes[1] ; peccantes, c'est-à-dire... humeurs peccantes ; d'autant que les vapeurs formées par les exhalaisons des influences qui s'élèvent dans la région des maladies, venant... pour ainsi dire... à... Entendez-vous[2] le latin ?

GÉRONTE. – En aucune façon.

1. **Humeurs peccantes** : substances malfaisantes contenues dans le corps (voir « L'enquête » sur la médecine des humeurs, p. 115).
2. **Entendez-vous** : comprenez-vous.

Sganarelle joue sur les deux sens de l'adjectif « grand » : le sens propre (la taille) et le sens figuré (la renommée).

SGANARELLE, *se levant avec étonnement.* – Vous n'entendez point le latin !

GÉRONTE. – Non.

SGANARELLE, *en faisant diverses plaisantes postures.* – *Cabricias arci thuram, catalamus, singulariter, nominativo haec Musa,* « la Muse », *bonus, bona, bonum, Deus sanctus, estne oratio latinas ? Etiam,* « oui ». *Quare,* « pourquoi » ? *Quia substantivo et adjectivum concordat in generi, numerum, et casus*.

GÉRONTE. – Ah ! que n'ai-je étudié ?

JACQUELINE. – L'habile homme que velà !

LUCAS. – Oui, ça est si biau, que je n'y entends goutte.

SGANARELLE. – Or, ces vapeurs dont je vous parle venant à passer du côté gauche, où est le foie, au côté droit, où est le cœur, il se trouve que le poumon, que nous appelons en latin *armyan*, ayant communication avec le cerveau, que nous nommons en grec *nasmus*, par le moyen de la veine cave, que nous appelons en hébreu *cubile*, rencontre en son chemin lesdites vapeurs, qui remplissent les ventricules de l'omoplate ; et parce que lesdites vapeurs... comprenez bien ce raisonnement, je vous prie ; et parce que lesdites vapeurs ont une certaine malignité... Écoutez bien ceci, je vous conjure.

GÉRONTE. – Oui.

SGANARELLE. – Ont une certaine malignité, qui est causée... Soyez attentif, s'il vous plaît.

GÉRONTE. – Je le suis.

Après quatre mots de son invention, Sganarelle cite des bribes de prières et de grammaire latine qu'il a dû apprendre par cœur dans sa jeunesse.

Ces explications sont fantaisistes. Sganarelle joue de l'autorité du médecin et de l'ignorance de son auditoire.

La consultation

Molière, *Le Médecin malgré lui*, illustré par J. Leman. Paris, Lemonneyer, 1888.

- Nomme les personnages en justifiant ta réponse.
- Comment est montrée la « science » de Sganarelle ?

SGANARELLE. – Qui est causée par l'âcreté des humeurs engendrées dans la concavité du diaphragme, il arrive que ces vapeurs... *Ossabandus, nequeys, nequer, potarinum, quipsa milus* ➊. Voilà justement ce qui fait que votre fille est muette.

JACQUELINE. – Ah ! que ça est bian dit, notte homme !

LUCAS. – Que n'ai-je la langue aussi bian pendue !

GÉRONTE. – On ne peut pas mieux raisonner, sans doute. Il n'y a qu'une seule chose qui m'a choqué : c'est l'endroit du foie et du cœur. Il me semble que vous les placez autrement qu'ils ne sont ; que le cœur est du côté gauche, et le foie du côté droit.

SGANARELLE. – Oui, cela était autrefois ainsi ; mais nous avons changé tout cela, et nous faisons maintenant la médecine d'une méthode toute nouvelle.

GÉRONTE. – C'est ce que je ne savais pas, et je vous demande pardon de mon ignorance.

SGANARELLE. – Il n'y a point de mal, et vous n'êtes pas obligé d'être aussi habile que nous.

GÉRONTE. – Assurément. Mais, Monsieur, que croyez-vous qu'il faille faire à cette maladie ?

SGANARELLE. – Ce que je crois qu'il faille faire ?

GÉRONTE. – Oui.

SGANARELLE. – Mon avis est qu'on la remette sur son lit, et qu'on lui fasse prendre pour remède quantité de pain trempé dans du vin.

GÉRONTE. – Pourquoi cela, Monsieur ?

SGANARELLE. – Parce qu'il y a dans le vin et le pain, mêlés ensemble, une vertu sympathique qui fait parler ➋. Ne voyez-vous pas bien

➊ Encore du faux latin pour épater la galerie... et faire rire le public.

➋ L'excès de vin rend tout simplement ivre.

qu'on ne donne autre chose aux perroquets, et qu'ils apprennent à parler en mangeant de cela ?

GÉRONTE. – Cela est vrai. Ah ! le grand homme ! Vite, quantité de pain et de vin !

SGANARELLE. – Je reviendrai voir, sur le soir, en quel état elle sera. *(À la Nourrice.)* Doucement, vous. *(À Géronte.)* Monsieur, voilà une nourrice à laquelle il faut que je fasse quelques petits remèdes.

JACQUELINE. – Qui ? moi ? Je me porte le mieux du monde.

SGANARELLE. – Tant pis, Nourrice, tant pis. Cette grande santé est à craindre, et il ne sera pas mauvais de vous faire quelque petite saignée amiable, de vous donner quelque petit clystère dulcifiant[1].

GÉRONTE. – Mais, Monsieur, voilà une mode que je ne comprends point. Pourquoi s'aller faire saigner quand on n'a point de maladie ?

SGANARELLE. – Il n'importe, la mode en est salutaire ; et comme on boit pour la soif à venir, il faut se faire aussi saigner pour la maladie à venir ➲.

JACQUELINE, *en se retirant.* – Ma fi ! je me moque de ça, et je ne veux point faire de mon corps une boutique d'apothicaire[2].

SGANARELLE. – Vous êtes rétive aux remèdes ; mais nous saurons vous soumettre à la raison. *(Parlant à Géronte.)* Je vous donne le bonjour.

GÉRONTE. – Attendez un peu, s'il vous plaît.

SGANARELLE. – Que voulez-vous faire ?

GÉRONTE. – Vous donner de l'argent, Monsieur.

1. **Clystère dulcifiant** : lavement adoucissant.
2. **Apothicaire** : pharmacien.

➲ À l'époque on pratiquait couramment des remèdes de « précaution », comme se purger et se faire saigner avant un voyage.

SGANARELLE, *tendant sa main derrière, par-dessous sa robe, tandis que Géronte ouvre sa bourse.* – Je n'en prendrai pas, Monsieur.

GÉRONTE. – Monsieur...

SGANARELLE. – Point du tout.

GÉRONTE. – Un petit moment.

SGANARELLE. – En aucune façon.

GÉRONTE. – De grâce !

SGANARELLE. – Vous vous moquez.

GÉRONTE. – Voilà qui est fait.

SGANARELLE. – Je n'en ferai rien.

GÉRONTE. – Eh !

SGANARELLE. – Ce n'est pas l'argent qui me fait agir.

GÉRONTE. – Je le crois.

SGANARELLE, *après avoir pris l'argent.* – Cela est-il de poids ?

GÉRONTE. – Oui, Monsieur.

SGANARELLE. – Je ne suis pas un médecin mercenaire[1].

GÉRONTE. – Je le sais bien.

SGANARELLE. – L'intérêt ne me gouverne point.

GÉRONTE. – Je n'ai pas cette pensée.

1. **Mercenaire** : intéressé, qui vend ses services à autrui. Désigne un soldat qui sert un pays étranger en échange d'un salaire.

Les gestes et les paroles se contredisent. C'est un ressort comique fréquent chez Molière.

LECTURE ACTIVE 5

→ Voir aussi étape 5, p. 98.

Acte II, scène 4 • La consultation

As-tu bien lu ?

1 Qu'attend Géronte de Sganarelle ? Relève la réplique qui te permet de répondre.

2 Qu'examine Sganarelle pour établir son « diagnostic » ?

☐ la gorge de Lucinde

☐ la matière de ses selles

☐ son pouls

3 Délimite les trois moments de la scène.

	de	à
La première consultation (Lucinde)	....	....
La seconde consultation (Jacqueline)	....	....
Le règlement de la consultation	....	....

Atelier théâtre

Les mots et les gestes

▶ ***Objectif.*** Montrer le décalage comique entre les paroles et les gestes de Sganarelle dans la dernière partie de la scène (l. 767 à 788).

▶ ***Préparation.*** Quatre élèves viennent sur la scène : deux sont assis, deux debout.

▶ ***Mise en jeu.*** Les deux élèves assis lisent immobiles le dialogue, pendant que les deux autres, debout, font les gestes indiqués.

▶ ***Réfléchir ensemble.*** Juger la performance des uns et des autres : qu'est-ce qui était réussi ? Qu'est-ce qui l'était moins ? Pourquoi ?

▶ ***Comparer.*** Comparer avec la fin de l'extrait de la mise en scène de Jean Liermier disponible sur notre chaîne You Tube **Théâtre Hatier**.

SCÈNE 5 – SGANARELLE, LÉANDRE

SGANARELLE, *regardant son argent.* – Ma foi ! cela ne va pas mal ; et pourvu que...

LÉANDRE. – Monsieur, il y a longtemps que je vous attends, et je viens implorer votre assistance.

SGANARELLE, *lui prenant le poignet.* – Voilà un pouls qui est fort mauvais.

LÉANDRE. – Je ne suis point malade, Monsieur, et ce n'est pas pour cela que je viens à vous.

SGANARELLE. – Si vous n'êtes pas malade, que diable ne le dites-vous donc ?

LÉANDRE. – Non. Pour vous dire la chose en deux mots, je m'appelle Léandre, qui suis amoureux de Lucinde, que vous venez de visiter ; et comme, par la mauvaise humeur de son père, toute sorte d'accès m'est fermé auprès d'elle[1], je me hasarde à vous prier de vouloir servir mon amour, et de me donner lieu d'exécuter un stratagème[2] que j'ai trouvé, pour lui pouvoir dire deux mots, d'où dépendent absolument mon bonheur et ma vie.

SGANARELLE, *paraissant en colère.* – Pour qui me prenez-vous ? Comment oser vous adresser à moi pour vous servir dans votre amour, et vouloir ravaler la dignité de médecin à des emplois de cette nature ?

LÉANDRE. – Monsieur, ne faites point de bruit[3].

SGANARELLE, *en le faisant reculer.* – J'en veux faire, moi. Vous êtes un impertinent.

---

1. **Toute sorte d'accès m'est fermé auprès d'elle** : on m'interdit de la voir.
2. **Stratagème** : ruse.
3. **Bruit** : scandale.

LÉANDRE. – Eh ! Monsieur, doucement.

SGANARELLE. – Un malavisé[1].

LÉANDRE. – De grâce !

SGANARELLE. – Je vous apprendrai que je ne suis point homme à cela, et que c'est une insolence extrême…

LÉANDRE, *tirant une bourse qu'il lui donne.* – Monsieur.

SGANARELLE, *tenant la bourse.* – De vouloir m'employer… Je ne parle pas pour vous, car vous êtes honnête homme, et je serais ravi de vous rendre service ; mais il y a de certains impertinents au monde qui viennent prendre les gens pour ce qu'ils ne sont pas ; et je vous avoue que cela me met en colère.

LÉANDRE. – Je vous demande pardon, Monsieur, de la liberté que…

SGANARELLE. – Vous vous moquez. De quoi est-il question ?

LÉANDRE. – Vous saurez donc, Monsieur, que cette maladie que vous voulez guérir est une feinte maladie[2]. Les médecins ont raisonné là-dessus comme il faut ; et ils n'ont pas manqué de dire que cela procédait, qui du cerveau, qui des entrailles, qui de la rate, qui du foie ➲ ; mais il est certain que l'amour en est la véritable cause, et que Lucinde n'a trouvé cette maladie que pour se délivrer d'un mariage dont elle était importunée[3]. Mais, de crainte qu'on ne nous voie ensemble, retirons-nous d'ici, et je vous dirai en marchant ce que je souhaite de vous.

SGANARELLE. – Allons, Monsieur : vous m'avez donné pour votre amour une tendresse qui n'est pas concevable ; et j'y perdrai toute ma médecine, ou la malade crèvera, ou bien elle sera à vous.

1. **Malavisé** : étourdi.
2. **Une feinte maladie** : une fausse maladie.
3. **Importunée** : gênée.

➲ **L'énumération de ces diagnostics contradictoires ridiculise les médecins.**

Acte III

SCÈNE 1 – SGANARELLE, LÉANDRE

LÉANDRE. – Il me semble que je ne suis pas mal ainsi pour un apothicaire ; et comme le père ne m'a guère vu, ce changement d'habit et de perruque est assez capable, je crois, de me déguiser à ses yeux.

SGANARELLE. – Sans doute.

LÉANDRE. – Tout ce que je souhaiterais serait de savoir cinq ou six grands mots de médecine, pour parer mon discours et me donner l'air d'habile homme.

SGANARELLE. – Allez, allez, tout cela n'est pas nécessaire : il suffit de l'habit, et je n'en sais pas plus que vous.

LÉANDRE. – Comment ?

SGANARELLE. – Diable emporte si j'entends rien en médecine ! Vous êtes honnête homme[1], et je veux bien me confier à vous, comme vous vous confiez à moi.

LÉANDRE. – Quoi ? vous n'êtes pas effectivement...

SGANARELLE. – Non, vous dis-je : ils m'ont fait médecin malgré mes dents[2]. Je ne m'étais jamais mêlé d'être si savant que cela ; et toutes mes études n'ont été que jusqu'en sixième. Je ne sais point sur quoi cette imagination leur est venue ; mais quand j'ai vu qu'à toute force ils voulaient que je fusse médecin, je me suis

1. **Honnête homme** : poli, discret. Au XVIIe siècle, homme qui sait se comporter dans le monde.
2. **Malgré mes dents** : malgré ma résistance.

L'acte III commence avec le « stratagème » du déguisement cité à la fin de l'acte II. Il y a une ellipse entre les deux actes.

Sganarelle et Léandre

Molière, *Le Médecin malgré lui*, illustré par J. Leman. Paris, Lemonneyer, 1888.

▶ Explique en quoi le costume de Léandre est caractéristique du personnage du jeune amoureux.

▶ Le costume de Sganarelle est-il complètement celui d'un médecin de l'époque ?

résolu de l'être, aux dépens de qui il appartiendra[1]. Cependant vous ne sauriez croire comment l'erreur s'est répandue, et de quelle façon chacun est endiablé à me croire habile homme. On me vient chercher de tous côtés ; et si les choses vont toujours de même, je suis d'avis de m'en tenir, toute ma vie, à la médecine. Je trouve que c'est le métier le meilleur de tous ; car, soit qu'on fasse bien ou soit qu'on fasse mal, on est toujours payé de même sorte : la méchante besogne ne retombe jamais sur notre dos ; et nous taillons, comme il nous plaît, sur l'étoffe où nous travaillons. Un cordonnier, en faisant des souliers, ne saurait gâter un morceau de cuir qu'il n'en paye les pots cassés[2] ; mais ici l'on peut gâter[3] un homme sans qu'il en coûte rien. Les bévues ne sont point pour nous[4] ; et c'est toujours la faute de celui qui meurt. Enfin, le bon de cette profession est qu'il y a parmi les morts une honnêteté, une discrétion la plus grande du monde ; jamais on n'en voit se plaindre du médecin qui l'a tué.

LÉANDRE. – Il est vrai que les morts sont fort honnêtes gens sur cette matière.

SGANARELLE, *voyant des hommes qui viennent vers lui.* – Voilà des gens qui ont la mine de me venir consulter. *(À Léandre.)* Allez toujours m'attendre auprès du logis de votre maîtresse.

Sganarelle explique que le métier de médecin est avantageux, car, même s'il se trompe, le médecin n'est jamais critiqué et cela ne lui coûte rien.

Tout ce passage est une satire des médecins présentés comme de faux savants, intéressés, irresponsables et ignorants.

1. **Aux dépens de qui il appartiendra** : aux frais de qui le voudra.
2. **Les pots cassés** : les erreurs, les malfaçons.
3. **Gâter** : rendre malade, tuer.
4. **Les bévues ne sont point pour nous** : les erreurs ne nous sont pas attribuées.

☟ **Photo 2 : Sganarelle examine Lucinde (acte II, scène 4).**

Le Médecin malgré lui de Molière, mise en scène de Jean-Claude Berutti à la Comédie de Saint-Étienne, 2009.

Photo 3 : Sganarelle prend le pouls de Lucinde (acte II, scène 4).

Le Médecin malgré lui de Molière, mise scène de Colette Roumanoff au Théâtre Fontaine, 28 juin 2007.

Photo 4 : Lucas et Valère rencontrent Martine (acte I, scène 4).

Le Médecin malgré lui de Molière, mise en scène de Jean-Claude Berutti à la Comédie de Saint-Étienne, 2009.

Photo 5 : Lucas frappe Sganarelle pour qu'il reconnaisse qu'il est médecin (acte I, scène 5).

Le Médecin malgré lui de Molière, mise en scène par Jean Liermier au Théâtre des Amandiers, mars 2007.

LECTURE ACTIVE 6

Acte III, scène 1 • Le stratagème de Léandre

As-tu bien lu ?

1 Que demande Léandre à Sganarelle pour parfaire son déguisement d'apothicaire ?

2 Sganarelle lui répond que ce qui fait le médecin, c'est :

☐ sa science ☐ son costume ☐ la crédulité des autres

3 **a.** Délimite les neuf phrases qui composent sa tirade l. 853 à l. 874.

b. Remets dans l'ordre les idées qu'il développe.

(.....) Si on ne guérit pas les gens, ils ne protestent pas car ils sont morts.
(.....) Il vaut mieux être médecin que cordonnier.
(.....) Médecin est un bon métier car on est bien payé.
(.....) Maintenant tout le monde croit que je le suis et vient me voir.
(.....) Je suis devenu médecin malgré moi, par la force.

Atelier théâtre

La tirade en chaîne

▶ ***Objectif***. Dire à plusieurs la tirade de Sganarelle (l. 858 à 874).

▶ ***Préparation***. Les élèves sont répartis en groupe de neuf. Chacun apprend la tirade, pour en dire une des neuf phrases (délimitées dans la question 4).

▶ ***Mise en jeu***. Chaque groupe se place tour à tour en ligne sur l'estrade : le premier élève récite la première phrase, le deuxième, la deuxième phrase, ainsi de suite. D'abord lentement, avec une pause après chaque phrase, puis plus rapidement, enfin une dernière fois avec une intention (colère, ironie...).

▶ ***Réfléchir ensemble***. Quelles ont été les difficultés rencontrées pour se coordonner ? Était-ce difficile ? Pourquoi ?

SCÈNE 2 – THIBAUT, PERRIN, SGANARELLE

THIBAUT. – Monsieu, je venons vous charcher, mon fils Perrin et moi.

SGANARELLE. – Qu'y a-t-il ?

THIBAUT. – Sa pauvre mère, qui a nom Parette, est dans un lit, malade, il y a six mois[1].

SGANARELLE, *tendant la main, comme pour recevoir de l'argent.* – Que voulez-vous que j'y fasse ?

THIBAUT. – Je voudrions, Monsieu, que vous nous baillissiez[2] quelque petite drôlerie[3] pour la garir.

SGANARELLE. – Il faut voir de quoi est-ce qu'elle est malade.

THIBAUT. – Alle est malade d'hypocrisie[4], Monsieu.

SGANARELLE. – D'hypocrisie ?

THIBAUT. – Oui, c'est-à-dire qu'alle est enflée par tout ; et l'an dit que c'est quantité de sériosités[5] qu'alle a dans le corps, et que son foie, son ventre, ou sa rate, comme vous voudrais l'appeler, au glieu de faire du sang, ne fait plus que de l'iau. Alle a, de deux jours l'un, la fièvre quotiguenne, avec des lassitules et des douleurs dans les mufles des jambes. On entend dans sa gorge des fleumes[6] qui sont tout prêts à l'étouffer ; et parfois il lui prend des syncoles et des conversions, que je crayons qu'alle est passée. J'avons dans notte village un apothicaire, révérence parler, qui li a donné je ne sai combien d'histoires ; et il m'en coûte plus d'eune douzaine

---

1. **Il y a six mois** : depuis six mois.
2. **Baillissiez** : du verbe bailler (ancien), donner, que vous nous donniez.
3. **Drôlerie** : curiosité, remède.
4. **Hypocrisie** : ici, déformation d'hydropisie (ballonnement dû à la rétention d'eau).
5. **Sériosités** : sérosités.
6. **Fleumes** : matières gluantes que le malade a du mal à sécréter.

de bons écus en lavements, ne v's en déplaise, en apostumes[1] qu'on li a fait prendre, en infections de jacinthe, et en portions cordales. Mais tout ça, comme dit l'autre, n'a été que de l'onguent miton-mitaine[2]. Il velait li bailler d'eune certaine drogue que l'on appelle du vin amétile[3] ; mais j'ai-s-eu peur, franchement, que ça l'envoyît à *patres*[4] ; et l'an dit que ces gros médecins tuont je ne sai combien de monde avec cette invention-là.

SGANARELLE, *tendant toujours la main et la branlant*[5], *comme pour signe qu'il demande de l'argent.* – Venons au fait, mon ami, venons au fait.

THIBAUT. – Le fait est, Monsieu, que je venons vous prier de nous dire ce qu'il faut que je fassions.

SGANARELLE. – Je ne vous entends point du tout.

PERRIN. — Monsieu, ma mère est malade ; et velà deux écus que je vous apportons pour nous bailler[6] queuque remède.

SGANARELLE. – Ah ! je vous entends, vous. Voilà un garçon qui parle clairement, qui s'explique comme il faut. Vous dites que votre mère est malade d'hydropisie, qu'elle est enflée par tout le corps, qu'elle a la fièvre, avec des douleurs dans les jambes, et qu'il lui prend parfois des syncopes et des convulsions, c'est-à-dire des évanouissements ?

PERRIN. – Eh ! oui, Monsieu, c'est justement ça.

SGANARELLE. – J'ai compris d'abord[7] vos paroles. Vous avez un père qui ne sait ce qu'il dit. Maintenant vous me demandez un remède ?

---

1. **Apostume** : apozème, infusion médicinale.
2. **Onguent miton-mitaine** : pommade sans effet.
3. **Vin amétile** : vin émétique, purgatif à la mode à l'époque (voir « L'enquête », p. 120).
4. ***À patres*** : *ad patres*, au père (éternel), que cela la tue.
5. **La branlant** : la secouant.
6. **Bailler** : donner.
7. **D'abord** : immédiatement.

PERRIN. – Oui, Monsieu.

SGANARELLE. – Un remède pour la guérir ?

PERRIN. – C'est comme je l'entendons.

SGANARELLE. – Tenez, voilà un morceau de formage[1] qu'il faut que vous lui fassiez prendre.

PERRIN. – Du fromage, Monsieu ?

SGANARELLE. – Oui, c'est un formage préparé où il entre de l'or, du corail et des perles, et quantité d'autres choses précieuses[2].

PERRIN. – Monsieu, je vous sommes bien obligés ; et j'allons li faire prendre ça tout à l'heure[3].

SGANARELLE. – Allez. Si elle meurt, ne manquez pas de la faire enterrer du mieux que vous pourrez.

SCÈNE 3 – JACQUELINE, SGANARELLE, LUCAS

SGANARELLE. – Voici la belle nourrice. Ah ! nourrice de mon cœur, je suis ravi de cette rencontre, et votre vue est la rhubarbe, la casse et le séné ➲ qui purgent toute la mélancolie de mon âme.

JACQUELINE. – Par ma figué ! Monsieu le Médecin, ça est trop bian dit pour moi, et je n'entends rien à tout votte latin.

SGANARELLE. – Devenez malade, nourrice, je vous prie ; devenez malade, pour l'amour de moi : j'aurais toutes les joies du monde de vous guérir.

1. **Formage** : fromage.
2. **Choses précieuses** : sur la croyance dans la vertu curative des matières précieuses (voir « L'enquête » p. 00).
3. **Tout à l'heure** : au plus vite.

➲ **Médicaments du XVIIe siècle. Molière détourne une formule toute faite : passe-moi la casse je te passerai le séné, signifiant : si tu me fais une concession, je t'en ferais une à mon tour.**

JACQUELINE. – Je sis votte sarvante : j'aime bian mieux qu'an ne me guérisse pas.

SGANARELLE. – Que je vous plains, belle nourrice, d'avoir un mari jaloux et fâcheux comme celui que vous avez !

JACQUELINE. – Que velez-vous, Monsieu ? C'est pour la pénitence de mes fautes ; et là où la chèvre est liée, il faut bian qu'alle y broute ➲.

SGANARELLE. – Comment ? un rustre comme cela ! un homme qui vous observe toujours, et ne veut pas que personne vous parle !

JACQUELINE. – Hélas ! vous n'avez rien vu encore, et ce n'est qu'un petit échantillon de sa mauvaise humeur.

SGANARELLE. – Est-il possible ? et qu'un homme ait l'âme assez basse pour maltraiter une personne comme vous ? Ah ! que j'en sais, belle nourrice, et qui ne sont pas loin d'ici, qui se tiendraient heureux de baiser seulement les petits bouts de vos petons ! Pourquoi faut-il qu'une personne si bien faite soit tombée en de telles mains, et qu'un franc animal, un brutal, un stupide, un sot... ? Pardonnez-moi, nourrice, si je parle ainsi de votre mari.

JACQUELINE. – Eh ! Monsieu, je sai bien qu'il mérite tous ces noms-là.

SGANARELLE. – Oui, sans doute, nourrice, il les mérite ; et il mériterait encore que vous lui missiez quelque chose sur la tête[1], pour le punir des soupçons qu'il a.

JACQUELINE. – Il est bien vrai que si je n'avais devant les yeux que son intérêt, il pourrait m'obliger à queuque étrange chose.

SGANARELLE. – Ma foi ! vous ne feriez pas mal de vous venger de lui avec quelqu'un. C'est un homme, je vous le dis, qui mérite

1. **Quelque chose sur la tête** : des cornes, symbole des cocus.

➲ **Expression imagée : il faut se contenter de ce qu'on a.**

bien cela ; et si j'étais assez heureux, belle nourrice, pour être choisi pour... *(En cet endroit, tous deux apercevant Lucas qui était derrière eux et entendait leur dialogue, chacun se retire de son côté, mais le Médecin d'une manière fort plaisante.)*

SCÈNE 4 – **GÉRONTE, LUCAS**

GÉRONTE. – Holà ! Lucas, n'as-tu point vu ici notre médecin ?

LUCAS. – Et oui, de par tous les diantres[1], je l'ai vu, et ma femme aussi.

GÉRONTE. – Où est-ce donc qu'il peut être ?

LUCAS. – Je ne sais ; mais je voudrais qu'il fût à tous les guebles[2].

GÉRONTE. – Va-t'en voir un peu ce que fait ma fille.

SCÈNE 5 – **SGANARELLE, LÉANDRE, GÉRONTE**

GÉRONTE. – Ah ! Monsieur, je demandais où vous étiez.

SGANARELLE. – Je m'étais amusé dans votre cour à expulser le superflu de la boisson. Comment se porte la malade ?

GÉRONTE. – Un peu plus mal depuis votre remède.

SGANARELLE. – Tant mieux : c'est signe qu'il opère.

GÉRONTE. – Oui ; mais, en opérant, je crains qu'il ne l'étouffe.

---

1. **Diantres** : déformation de diables.
2. **Guebles** : diables.

SGANARELLE. – Ne vous mettez pas en peine ; j'ai des remèdes qui se moquent de tout, et je l'attends à l'agonie.

GÉRONTE, *montrant Léandre.* – Qui est cet homme-là, que vous amenez ?

SGANARELLE, *faisant des signes avec la main que c'est un apothicaire.* – C'est...

GÉRONTE. – Quoi ?

SGANARELLE. – Celui...

GÉRONTE. – Eh ?

SGANARELLE. – Qui...

GÉRONTE. – Je vous entends.

SGANARELLE. – Votre fille en aura besoin.

SCÈNE 6 – JACQUELINE, LUCINDE, GÉRONTE, LÉANDRE, SGANARELLE

JACQUELINE. – Monsieu, velà votre fille qui veut un peu marcher.

SGANARELLE. – Cela lui fera du bien. Allez-vous-en, Monsieur l'Apothicaire, tâter un peu son pouls, afin que je raisonne tantôt avec vous de sa maladie. *(En cet endroit, il tire Géronte à un bout du théâtre et, lui passant un bras sur les épaules, lui rabat la main sous le menton, avec laquelle il le fait retourner vers lui, lorsqu'il veut regarder ce que sa fille et l'apothicaire font ensemble, lui tenant cependant le discours suivant pour l'amuser*[1] *:* Monsieur, c'est une grande et subtile question entre les doctes[2], de savoir si les femmes sont plus faciles à guérir que les hommes. Je vous prie

1. **L'amuser** : le distraire, détourner son attention.
2. **Les doctes** : les savants.

d'écouter ceci, s'il vous plaît. Les uns disent que non, les autres disent que oui ; et moi je dis que oui et non : d'autant que l'incongruité des humeurs opaques qui se rencontrent au tempérament naturel des femmes étant cause que la partie brutale veut toujours prendre empire sur la sensitive, on voit que l'inégalité de leurs opinions dépend du mouvement oblique du cercle de la lune ; et comme le soleil, qui darde ses rayons sur la concavité de la terre, trouve...

LUCINDE. – Non, je ne suis point du tout capable de changer de sentiments.

GÉRONTE. – Voilà ma fille qui parle ! Ô grande vertu du remède ! Ô admirable médecin ! Que je vous suis obligé, Monsieur, de cette guérison merveilleuse ! et que puis-je faire pour vous après un tel service ?

SGANARELLE, *se promenant sur le théâtre et s'essuyant le front.* – Voilà une maladie qui m'a bien donné de la peine !

LUCINDE. – Oui, mon père, j'ai recouvré la parole ; mais je l'ai recouvrée pour vous dire que je n'aurai jamais d'autre époux que Léandre, et que c'est inutilement que vous voulez me donner Horace.

GÉRONTE. – Mais...

LUCINDE. – Rien n'est capable d'ébranler la résolution que j'ai prise.

GÉRONTE. – Quoi... ?

LUCINDE. – Vous m'opposerez en vain de belles raisons.

GÉRONTE. – Si...

LUCINDE. – Tous vos discours ne serviront de rien.

GÉRONTE. – Je...

Ce faux raisonnement, fantaisiste mais d'apparence savante, est un procédé récurrent de Sganarelle pour se donner l'air d'un médecin.

LUCINDE. – C'est une chose où je suis déterminée.

GÉRONTE. – Mais...

LUCINDE. – Il n'est puissance paternelle qui me puisse obliger à me marier malgré moi.

GÉRONTE. – J'ai...

LUCINDE. – Vous avez beau faire tous vos efforts.

GÉRONTE. – Il...

LUCINDE. – Mon cœur ne saurait se soumettre à cette tyrannie.

GÉRONTE. – La...

LUCINDE. – Et je me jetterai plutôt dans un couvent que d'épouser un homme que je n'aime point.

GÉRONTE. – Mais...

LUCINDE, *parlant d'un ton de voix à étourdir.* – Non. En aucune façon. Point d'affaire. Vous perdez le temps. Je n'en ferai rien. Cela est résolu.

GÉRONTE. – Ah ! quelle impétuosité de paroles ! Il n'y a pas moyen d'y résister. Monsieur, je vous prie de la faire redevenir muette.

SGANARELLE. – C'est une chose qui m'est impossible. Tout ce que je puis faire pour votre service est de vous rendre sourd, si vous voulez.

GÉRONTE. – Je vous remercie. Penses-tu donc...

LUCINDE. – Non. Toutes vos raisons ne gagneront rien sur mon âme.

GÉRONTE. – Tu épouseras Horace, dès ce soir.

LUCINDE. – J'épouserai plutôt la mort.

SGANARELLE. – Mon Dieu ! arrêtez-vous, laissez-moi médicamenter cette affaire. C'est une maladie qui la tient, et je sais le remède qu'il y faut apporter.

GÉRONTE. – Serait-il possible, Monsieur, que vous pussiez aussi guérir cette maladie d'esprit ?

SGANARELLE. – Oui, laissez-moi faire, j'ai des remèdes pour tout, et notre Apothicaire nous servira pour cette cure. *(Il appelle l'Apothicaire et lui parle.)* Un mot. Vous voyez que l'ardeur qu'elle a pour ce Léandre est tout à fait contraire aux volontés du père, qu'il n'y a point de temps à perdre, que les humeurs sont fort aigries, et qu'il est nécessaire de trouver promptement un remède à ce mal, qui pourrait empirer par le retardement. Pour moi, je n'y en vois qu'un seul, qui est une prise de fuite purgative, que vous mêlerez comme il faut avec deux drachmes[1] de *matrimonium* en pilules. Peut-être fera-t-elle quelque difficulté à prendre ce remède ; mais, comme vous êtes habile homme dans votre métier, c'est à vous de l'y résoudre, et de lui faire avaler la chose du mieux que vous pourrez. Allez-vous-en lui faire faire un petit tour de jardin, afin de préparer les humeurs, tandis que j'entretiendrai ici son père ; mais surtout ne perdez point de temps : au remède vite, au remède spécifique !

1. **Drachme** : petite unité de mesure (un huitième d'once).

LECTURE ACTIVE 7

Acte III, scènes 5 et 6 • La guérison de Lucinde

As-tu bien lu ?

1 Que fait Sganarelle pour empêcher Géronte de surveiller Léandre et Lucinde ? (2 réponses)

☐ Il l'empêche de se tourner vers les amoureux.
☐ Il lui donne des coups de bâton.
☐ Il le distrait par un discours.

2 Que dit Lucinde lorsqu'elle se met à parler ?

☐ J'épouserai un homme que j'aime.
☐ J'ai soif.
☐ Il fait trop chaud.

3 Pour calmer la colère de Lucinde, Sganarelle prescrit d'étranges médicaments. Relève leurs noms et explique ce qu'il recommande en réalité.

Atelier théâtre

La dispute en chœur

▶ ***Objectif.*** Jouer en « chœur » la scène de la dispute entre Lucinde et son père (l. 1019 à 1061).

▶ ***Préparation.*** La classe se partage en deux groupes : l'un incarne Lucinde, l'autre Géronte. Les deux groupes se placent debout face à face, de part et d'autre de la scène.

▶ ***Mise en jeu.*** Commencer par prononcer les répliques lentement. Il s'agit d'atteindre une synchronisation parfaite, au sein de chaque groupe et d'un groupe à l'autre. Essayer d'accélérer. Recommencer en chuchotant puis monter progressivement le volume.

▶ ***Réfléchir ensemble.*** Échanger sur l'effet produit par le jeu en groupe (puissance, expression...) et comparer avec la mise en scène de Jean Liermier disponible sur notre chaîne You Tube **Théâtre Hatier**.

SCÈNE 7 – GÉRONTE, SGANARELLE

GÉRONTE. – Quelles drogues, Monsieur, sont celles que vous venez de dire ? Il me semble que je ne les ai jamais ouï nommer.

SGANARELLE. – Ce sont drogues dont on se sert dans les nécessités urgentes.

GÉRONTE. – Avez-vous jamais vu une insolence pareille à la sienne ?

SGANARELLE. – Les filles sont quelquefois un peu têtues.

GÉRONTE. – Vous ne sauriez croire comme elle est affolée de ce Léandre.

SGANARELLE. – La chaleur du sang fait cela dans les jeunes esprits.

GÉRONTE. – Pour moi, dès que j'ai eu découvert la violence de cet amour, j'ai su tenir toujours ma fille renfermée.

SGANARELLE. – Vous avez fait sagement.

GÉRONTE. – Et j'ai bien empêché qu'ils n'aient eu communication ensemble.

SGANARELLE. – Fort bien.

GÉRONTE. – Il serait arrivé quelque folie, si j'avais souffert qu'ils se fussent vus.

SGANARELLE. – Sans doute.

GÉRONTE. – Et je crois qu'elle aurait été fille à s'en aller avec lui.

SGANARELLE. – C'est prudemment raisonné.

GÉRONTE. – On m'avertit qu'il fait tous ses efforts pour lui parler.

SGANARELLE. – Quel drôle !

GÉRONTE. – Mais il perdra son temps.

SGANARELLE. – Ah ! ah !

GÉRONTE. – Et j'empêcherai bien qu'il ne la voie.

SGANARELLE. – Il n'a pas affaire à un sot, et vous savez des rubriques[1] qu'il ne sait pas. Plus fin que vous n'est pas bête ➲.

SCÈNE 8 – LUCAS, GÉRONTE, SGANARELLE

LUCAS. – Ah ! palsanguenne, Monsieu, vaici bian du tintamarre : votre fille s'en est enfuie avec son Liandre. C'était lui qui était l'Apothicaire ; et velà Monsieu le Médecin qui a fait cette belle opération-là.

GÉRONTE. – Comment ? m'assassiner de la façon ! Allons, un commissaire ! Et qu'on empêche qu'il ne sorte. Ah, traître ! je vous ferai punir par la justice.

LUCAS. – Ah ! par ma fi ! Monsieu le Médecin, vous serez pendu ! Ne bougez de là seulement.

SCÈNE 9 – MARTINE, SGANARELLE, LUCAS

MARTINE. – Ah ! mon Dieu ! que j'ai eu de peine à trouver ce logis ! Dites-moi un peu des nouvelles du médecin que je vous ai donné.

LUCAS. – Le velà, qui va être pendu.

MARTINE. – Quoi ? mon mari pendu ! Hélas ! et qu'a-t-il fait pour cela ?

1. **Vous savez des rubriques** : vous ne vous en laissez pas compter ; vous vous y entendez en affaires.

➲ **Phrase comique car Géronte est précisément en train de se faire berner.**

LUCAS. – Il a fait enlever la fille de notte maître.

MARTINE. – Hélas ! mon cher mari, est-il bien vrai qu'on te va pendre ?

SGANARELLE. – Tu vois. Ah !

MARTINE. – Faut-il que tu te laisses mourir en présence de tant de gens ?

SGANARELLE. – Que veux-tu que j'y fasse ?

MARTINE. – Encore si tu avais achevé de couper notre bois, je prendrais quelque consolation.

SGANARELLE. – Retire-toi de là, tu me fends le cœur.

MARTINE. – Non, je veux demeurer pour t'encourager à la mort, et je ne te quitterai point que je ne t'aie vu pendu.

SGANARELLE. – Ah !

SCÈNE 10 – GÉRONTE, SGANARELLE, MARTINE, LUCAS

GÉRONTE, *à Sganarelle.* – Le commissaire viendra bientôt, et l'on s'en va vous mettre en lieu où l'on me répondra de vous.

SGANARELLE, *le chapeau à la main.* – Hélas ! cela ne se peut-il point changer en quelques coups de bâton ?

GÉRONTE. – Non, non, la justice en ordonnera... Mais que vois-je ?

SCÈNE 11 ET DERNIÈRE – LÉANDRE, LUCINDE, JACQUELINE, LUCAS, GÉRONTE, SGANARELLE, MARTINE

LÉANDRE. – Monsieur, je viens faire paraître Léandre à vos yeux, et remettre Lucinde en votre pouvoir. Nous avons eu dessein[1] de prendre la fuite nous deux, et de nous aller marier ensemble ; mais cette entreprise a fait place à un procédé plus honnête. Je ne prétends point vous voler votre fille, et ce n'est que de votre main que je veux la recevoir. Ce que je vous dirai, Monsieur, c'est que je viens tout à l'heure[2] de recevoir des lettres par où j'apprends que mon oncle est mort, et que je suis héritier de tous ses biens.

GÉRONTE. – Monsieur, votre vertu m'est tout à fait considérable, et je vous donne ma fille avec la plus grande joie du monde.

SGANARELLE. – La médecine l'a échappé belle !

MARTINE. – Puisque tu ne seras point pendu, rends-moi grâce d'être médecin ; car c'est moi qui t'ai procuré cet honneur.

SGANARELLE. – Oui, c'est toi qui m'as procuré je ne sais combien de coups de bâton.

LÉANDRE. – L'effet en est trop beau pour en garder du ressentiment.

SGANARELLE. – Soit : je te pardonne ces coups de bâton en faveur de la dignité où tu m'as élevé ; mais prépare-toi désormais à vivre dans un grand respect avec un homme de ma conséquence, et songe que la colère d'un médecin est plus à craindre qu'on ne peut croire.

Tous les personnages sont réunis pour une fin heureuse : cette situation correspond au final traditionnel de comédie, attendu par les spectateurs. Et Sganarelle reste médecin sans la moindre compétence !

1. **Dessein** : projet.
2. **Tout à l'heure** : à l'instant.

Le dénouement

Molière, *Le Médecin malgré lui*, illustré par J. Leman. Paris, Lemonneyer, 1888.

- Quels sont les personnages présents ? En quoi est-ce caractéristique du dénouement ?
- Identifie Léandre et Géronte et justifie ta réponse en analysant le costume et la posture des personnages.

→ Voir aussi étape 7, p. 102.

Acte III, scène 9, 10 et 11 • Le dénouement

As-tu bien lu ?

1 Ces scènes évoquent des renversements de situation heureux. Retrouve-les en reliant les éléments des deux colonnes comme il convient.

	• se réconcilie avec sa femme.
Sganarelle •	• est sauvé de la pendaison.
Martine •	• fait la paix avec son père.
Géronte •	• se réconcilie avec son mari.
Léandre •	• retrouve sa fille.
Lucinde •	• est devenu riche.
	• peut se marier selon ses souhaits

2 Dans la scène 11, la réconciliation de Martine et Sganarelle est-elle totale ? Comment doit-on dire leurs trois dernières répliques ?

Atelier théâtre

Jouer le dénouement

▸ ***Objectif.*** Jouer un ensemble de scènes. Apprendre à jouer ensemble.

▸ ***Préparation.*** Se répartir en trois groupes : un par scène. Chaque élève indique le rôle qu'il a choisi sur un tableau affiché en classe ; on prévoit un souffleur pour chaque rôle comprenant du texte.

▸ ***Mise en jeu.*** Les trois groupes entrent tour à tour sur scène. Faire attention à rester concentré et à respecter le texte.

▸ ***Réfléchir ensemble.*** S'interroger sur les difficultés liées à l'apprentissage du texte.

DÉFI LECTURE

Que faut-il retenir du *Médecin malgré lui* ?

Les personnages

1 Associe chaque personnage à sa définition.

Sganarelle •	• Je suis un faiseur de fagots ivrogne qui bat sa femme et qu'on oblige à devenir médecin.
Léandre •	• Je suis battue par mon mari et je voudrais bien me venger de lui.
Martine •	• Je suis un valet fin et éduqué.
Lucas •	• Je suis un valet lourdaud et un peu bête.
Valère •	• Je suis un père de famille soucieux de bien marier sa fille.
Lucinde •	• Je suis une jeune fille amoureuse, obligée de feindre d'être muette pour ne pas être mariée de force.
Jacqueline •	• Je suis un jeune homme obligé de me déguiser pour rencontrer celle que j'aime.
Géronte •	• Je suis une nourrice à la langue bien pendue.

Mots croisés

2 Remplis la grille suivante à l'aide des injures utilisées par les personnages de la pièce.

a Qui s'approprie le bien d'autrui.
b Qui n'est pas fidèle à ses alliés.
c Un coquin autrefois.
d Voleur ou enfant pas sage.
e Rusé et menteur.
f Digne d'être pendu.
g Manque de respect.
h Qui est malhonnête, méprisant.

3 Remplis la grille suivante à l'aide des termes désignant des accessoires et les procédés de théâtre.

a Il en faut un à Lucas et Valère pour trouver leur médecin.

b Lucinde fait semblant de l'être.

c C'est la fin, tout le monde est présent sur scène.

d Il y en a plusieurs lors de la rencontre de Sganarelle, Lucas et Valère.

e Il y en a une entre Sganarelle et Martine, puis entre Lucinde et son père.

f Sganarelle la refuse mais la prend quand même.

g Il en faut un à Léandre pour aller voir Lucinde.

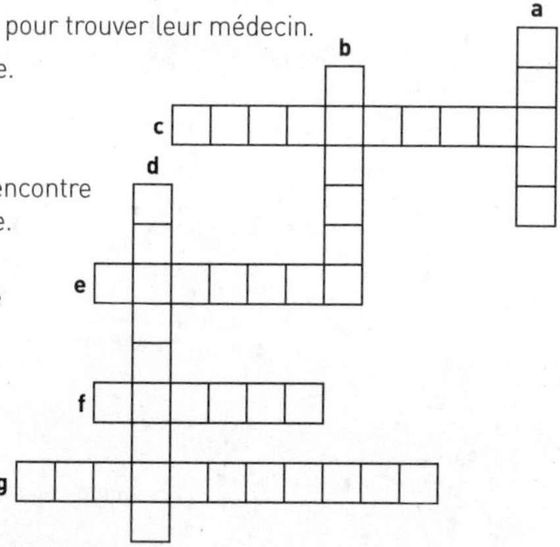

Qui a dit quoi ?

4 Attribue chacune de ces répliques au personnage qui la prononce sur scène.

	• « Ivrogne que tu es ! » (I, 1)
Martine •	• « Messieurs, en un mot autant qu'en deux mille je vous dis que je ne suis point médecin. » (I, 5)
Sganarelle •	• « Hippocrate dit que nous nous couvrions tous les deux. » (II, 2)
Géronte •	• « Vous l'avez fait rire, Monsieur. » (II, 4)
Jacqueline •	• « Il y a dans le vin et le pain, mêlés ensemble, une vertu sympathique qui fait parler. » (II, 4)
Léandre •	• « Je ne veux point faire de mon corps une boutique d'apothicaire. » (II, 4)
Lucinde •	• « Tout ce que je souhaiterais serait de savoir cinq ou six grands mots de médecine, pour parer mon discours et me donner l'air d'habile homme. » (III, 1)
	• « Allez, allez, tout cela n'est pas nécessaire : il suffit de l'habit et je n'en sais pas plus que vous. » (III, 1)
	• « Rien n'est capable d'ébranler la résolution que j'ai prise. » (III, 6)

Le Médecin malgré lui, frontispice de l'édition de 1682 par Brissart, gravure de J. Sauvé. Paris, Bibliothèque Nationale de France.

LE DOSSIER

Le Médecin malgré lui

Une comédie-farce sur la médecine

REPÈRES

PARCOURS DE L'ŒUVRE

TEXTES ET IMAGE

Qu'est-ce qu'une comédie ?

À l'époque de Molière, comédie et tragédie sont des genres séparés et hiérarchisés. La tragédie est considérée comme un genre sérieux et noble, tandis que la comédie relève d'un genre comique et bas.
Mais Molière, grand génie comique, redonne ses lettres de noblesse à la comédie, en y introduisant des éléments de peinture et de critique sociale.

Les origines de la comédie

La farce et la Commedia dell'arte *sont à l'origine de la comédie qui va en enrichir les règles, les personnages et les situations.*

● UN MILIEU BOURGEOIS

L'intrigue est le plus souvent située dans un milieu bourgeois et non noble, à l'image de la famille de Géronte. On y rencontre donc des pères de famille, leurs épouses, leurs enfants et leurs valets.

● UN PROJET DE MARIAGE

L'intrigue tourne souvent autour d'un projet de mariage. Le père s'oppose au souhait de sa fille ou de son fils car il a formé pour eux d'autres projets de mariage. Ainsi de Lucinde, que son père veut marier avec un jeune homme plus riche que celui qu'elle aime.

● DES PÉRIPÉTIES MULTIPLES

Les valets (Sganarelle, Jacqueline) se mêlent de ce projet de mariage, généralement pour contrarier les projets des parents (ici Géronte) et favoriser ceux des jeunes amoureux (ici, Lucinde et Léandre opposés à Géronte). Les stratagèmes et les ruses, qu'ils mettent en place à cette fin, constituent autant de renversements amusants (Léandre se déguisant en pharmacien, par exemple).

• UNE FIN HEUREUSE

Le dénouement est heureux : malgré leurs pères, les amants finissent par se marier. Et la comédie se termine par un final où tous les personnages se retrouvent sur scène et se réconcilient.

• BIENSÉANCE ET VRAISEMBLANCE

Dans la comédie, contrairement à la tragédie, on peut parler d'argent, du corps, du désir, mais en respectant la bienséance. Ainsi, si les valets peuvent se livrer à des attouchements (comme le font Sganarelle et Jacqueline), il n'en va pas de même des maîtres : l'amour de Lucinde et Léandre est moins expressif et les jeunes gens ne sont jamais seuls sur scène.

L'action doit aussi être vraisemblable ; les contemporains de Molière lui reprochent parfois ses coups de théâtre (l'enrichissement final de Léandre) souvent incroyables.

• LA DESCRIPTION DE LA SOCIÉTÉ

D'abord genre léger, composé de pièces écrites en trois actes et en prose, la comédie devient avec Molière un genre ouvert aux questions qui préoccupent la société : le mariage, la médecine, les relations entre la noblesse et la bourgeoisie... C'est ce qu'on appellera la « grande comédie ».

Molière inaugure avec *L'École des femmes*, pièce écrite comme une tragédie, en cinq actes et en vers, qui traite de la question du mariage et de l'éducation des filles.

• LA SATIRE

La formule du poète latin Horace « *castigat ridendo mores* » (« elle châtie les mœurs en riant ») résume bien la satire. En effet, ce genre, hérité des Grecs et des Latins, consiste à critiquer un travers de la société en faisant rire le public à ses dépens. Dans *Le Médecin malgré lui*, Molière fait ainsi la satire des médecins dont il présente une plaisante caricature avec son personnage de Sganarelle.

« Le vrai portrait de Molière en habit de Sganarelle » par Simonin (17e siècle), Paris, BNF.

Qu'est-ce qu'une farce ?

Les farces remontent au Moyen Âge (XIe siècle) mais on en écrit jusqu'au XVIIIe siècle. Ce sont initialement de courtes pièces jouées lors des foires ou des grands marchés, pour faire rire un public populaire de paysans et de villageois.

• UNE ACTION SIMPLE

La farce propose une intrigue très simplifiée. Elle donne à voir une tranche de vie, souvent une ruse ou une tromperie, comme dans les fabliaux. Ainsi le début du *Médecin malgré lui*, qui présente une scène de ménage et la vengeance d'une femme, relève typiquement de la farce.

• DES PERSONNAGES TYPES

Les personnages d'une comédie peuvent avoir une véritable épaisseur psychologique. Ceux de la farce sont toujours typés et caricaturaux, à une seule dimension : le vieux barbon, la jeune première, le valet rusé, le valet idiot, etc.

• UN COMIQUE PARTICULIER

La farce utilise les mêmes procédés comiques que la comédie mais de manière exagérée. Elle privilégie le comique de geste, la pantomime (grimaces, bousculades, coups de bâton) et le comique de mots (parler paysan). Contrairement à la comédie, la farce accueille la grossièreté, la grivoiserie, et ne craint pas de choquer la bienséance, au contraire.

• LES ORIGINES DE LA FARCE

Au Moyen Âge, on donnait des « miracles » et des « mystères » pièces à sujet biblique très longues dont la représentation se jouait pendant plusieurs jours, en plein air, pour toute la population d'une ville. On y insérait des farces pour divertir les spectateurs. Ces farces ont ensuite été séparées et jouées pour elles-mêmes. 150 nous sont parvenues, la plus célèbre, *La Farce de Maître Pathelin*, date de 1464.

Farce : pourquoi ce nom ?

*Il vient peut-être simplement d'une analogie avec la farce à tomate, mélange de chairs et d'épices ; ainsi, la farce théâtrale mélange genres, registres et sujets, à l'image de l'ancienne satire latine (*satura *signifie « mélange »).*

• FARCES ET FABLIAUX

Les farces trouvent leur source d'inspiration dans les fabliaux du Moyen Âge, qui sont au roman ce que la farce est au théâtre : ces courts récits se caractérisent par un humour populaire et simple. Le ***Médecin malgré lui*** est d'ailleurs l'adaptation au théâtre d'un fabliau du Moyen Âge : *Le Vilain Mire*.

• L'ÉVOLUTION DE LA FARCE

La farce évolue ensuite sous l'influence italienne de la *commedia dell'arte al improviso*. Celle-ci apporte des personnages typiques, représentés par un masque et un costume, et un ensemble de situations et de gags (les *lazzi*) à partir desquels les comédiens professionnels improvisent. Le plus célèbre des types est Arlequin.

UN EXEMPLE DE *LAZZI*

Arlequin entre en scène. Il imite le bourdonnement d'une mouche et semble la suivre des yeux. Il fait semblant de l'attraper en refermant son poing sur elle. Il porte son poing à sa bouche et l'ouvre pour gober la mouche (très pauvre, Arlequin est toujours affamé !). La mouche s'échappe… Il recommence.

• MOLIÈRE ET LA FARCE

Dès le XVIe siècle, des compagnies italiennes viennent en France et s'y installent. À Paris, Scaramouche et ses « comédiens italiens » sont là lors du retour de Molière, qui partage un théâtre avec eux et s'inspire de leur savoir-faire pour enrichir ses comédies.

Farceurs français et italiens, personnages de la *commedia dell'Arte* (vers 1670), Paris, Comédie-Française.

Étape I • Étudier la scène d'exposition

SUPPORT : Acte 1, scène 1 (pages 17 à 24)

OBJECTIF : Repérer en quoi cette scène constitue une exposition de farce.

Une exposition mouvementée*

1 En analysant la première didascalie et les deux premières répliques, montre que la dispute des personnages a commencé avant le début de la scène.

2 Relève quelques phrases exclamatives. Pour quelle raison sont-elles si nombreuses ? Quel rythme cela donne-t-il à la scène ?

Un bûcheron bien savant

3 Qu'apprend-on sur Sganarelle ? Complète ce tableau.

Métier	
Expérience antérieure	
Défaut principal	
Caractère	

4 **a.** Sganarelle cite un auteur grec. Lequel ?

b. Qu'est-ce que cela nous apprend sur lui ? Trouve un autre détail qui montre qu'il est plus instruit qu'un bûcheron ordinaire.

Les effets comiques

5 « Mets-les à terre » (l. 46) : cette réponse de Sganarelle est un jeu de mots. Explique-le en complétant la phrase suivante avec les mots : figuré – charge – propre.

Lorsque Martine dit « J'ai quatre pauvres petits enfants sur les bras. » Elle emploie l'expression au sens ...., elle veut dire « à ma .... ». Sganarelle lui répond en prenant l'expression au sens ....

6 Retrouve de quel type de comique* relèvent les éléments cités : comique de répétition – comique de caractère – comique de mots – comique de situation – comique de geste.

Type de comique	Élément de la scène
	La scène représente une scène de ménage.
	Sganarelle est un ivrogne brutal et paresseux.
	SGANARELLE. *Il prend un bâton et lui en donne.* – Ah ! vous en voulez donc ?
	« Mets-les à terre. » – « Traître, insolent, trompeur, lâche, coquin, pendard, gueux, belître, fripon, maraud, voleur... ! »

La langue et le style

7 **Enchaînements.** Du début de la scène jusqu'à la fin de la scène (l. 82), montre que les répliques s'enchaînent grâce à des répétitions de formules ou de mots.

8 **Injures.** Parmi les injures employées par Martine, relèves-en deux qui sont encore en usage aujourd'hui et deux qui ne le sont plus. Trouve leur sens dans un dictionnaire.

Faire le bilan

9 **L'univers de la farce.** Explique pourquoi cette scène nous introduit dans un univers de farce. Tu peux parler de la situation, des personnages, du rythme...

À ton avis

10 **Sganarelle.** Le personnage de Sganarelle te semble-t-il sympathique ou antipathique ? Explique pourquoi.

Écrire maintenant

11 **Une dispute.** Imagine une dispute entre deux personnages de ton choix. Écris le dialogue en employant des injures et des phrases exclamatives.

Étape 2 • Identifier les procédés comiques

SUPPORT : Acte I, scènes 4 et 5 (pages 26 à 38)

OBJECTIF : Comprendre l'exposition – Identifier et analyser des procédés comiques.

Un procédé comique : la ruse (scène 4)

1 Martine affirme que Sganarelle est médecin. Par quels moyens rend-elle cette affirmation vraisemblable (analyse les histoires qu'elle raconte et la description qu'elle donne de son mari) ?

Les autres procédés comiques (scène 5)

2 Comment apparaît Sganarelle au début de la scène (l. 256 à 267)? Que fait-il ? À quel type de comique (farce, comédie) peux-tu rattacher cela ? Quels sont les procédés comiques présents ?

3 Explique pourquoi Lucas fait rire par sa personnalité (ce qu'on appelle « comique de caractère »).

4 La scène 5 se poursuit par deux « quiproquos » (erreurs de compréhension) entre Sganarelle, Valère et Lucas. Explique-les en complétant ce tableau.

	Le personnage veut dire	**Son interlocuteur comprend**
Valère dit à Sganarelle : « On nous a adressés à vous pour ce que nous cherchons. »		
Valère dit : « Monsieur nous savons les choses. »		

5 À partir de la question précédente complète la phrase suivante :
Le premier quiproquo porte sur .... de Sganarelle, le second sur .... des fagots.

6 Relève les différents exemples de comique de geste de la scène 5.

La langue et le style

7 Molière aime mettre en scène des « paysans » en s'amusant à caricaturer leur langage. Analyse le langage de Lucas en complétant ce tableau, puis trouve un équivalent en langage courant aux expressions qu'il emploie.

	Terme/expression employés par Lucas	**Équivalent en langage courant**
Juron		
Erreur de construction		
Verbe comique		
Formule d'exagération		
Déformation de mot		

Faire le bilan

8 **Les procédés comiques.** Quels sont les procédés comiques de ces deux scènes ?

9 **Une exposition.** Qu'est-ce qu'une exposition ? En quoi ces deux scènes en font-elles partie ?

À ton avis

10 **Sganarelle et l'argent.** À la scène 5, Sganarelle apparaît comme essentiellement motivé par l'argent. Qu'en penses-tu et comment expliques-tu ce trait de sa personnalité ?

Écrire maintenant

11 **Une rencontre.** Rédige le récit que Sganarelle pourrait faire de sa rencontre avec Lucas et Valère.

Étape 3 • Caractériser les personnages

SUPPORT : L'ensemble de la pièce

OBJECTIF : Comprendre les personnages types de la comédie et de la farce.

Chacun son rôle

1 Complète avec les noms des personnages de la pièce.

.... un bûcheron ivrogne et rusé se dispute avec ...., son épouse, maline et coléreuse. Un voisin .... les sépare. Deux valets, Lucas et ...., à la recherche d'un médecin entrent. Martine leur fait prendre Sganarelle pour un docteur. Ils l'emmènent chez leur maître .... un vieillard cupide et grincheux qui veut marier sa fille .... de force avec un jeune homme plus riche. Toutefois, elle en aime un autre .... moins riche mais plus séduisant. .... va les aider à se marier.

Les valets et les paysans

2 Quel rôle Martine joue-t-elle ? Compare-la avec Jacqueline. Quels sont leurs points communs et leurs différences ?

3 Sur quelle opposition repose le duo Valère-Lucas ? Appuie-toi sur leur langage, leur manière d'être pour répondre.

4 Cherche une scène et une citation précises pour illustrer ces caractéristiques de Sganarelle.

Caractéristiques	**Scène**	**Citation**
Brutalité		
Ivrognerie		

Caractéristiques	Scène	Citation
Cupidité		
Ruse		

Le vieillard et les amoureux

5 Que veut dire le nom de Géronte ? Est-ce volontaire selon toi ?

6 Explique qui fait alliance avec les amoureux contre Géronte.

Faire le bilan

7 **Couple comique.** Pourquoi le couple de Sganarelle et Martine est-il comique ?

8 **Personnages types.**

a. En quoi Lucinde, Léandre et Géronte sont-ils des personnages « typiques » de comédie ?

b. Qui sont les « valets » dans la pièce ? En quoi sont-ils exemplaires des valets de comédie ?

À ton avis

9 **Les personnages sympathiques.** Qui sont les personnages les plus sympathiques dans cette pièce : les valets ou les maîtres ? Pourquoi selon toi ?

Écrire maintenant

10 **Portrait type.** Choisis un personnage typique de comédie (valet ou maître), donne-lui un nom et rédige son portrait moral et physique.

Étape 4 • Étudier l'intrigue de la pièce

SUPPORT : L'ensemble de la pièce

OBJECTIF : Comprendre l'intrigue de la pièce.

Le schéma dramatique

1 Le schéma dramatique d'une pièce permet de décrire la manière dont se déroule l'action.

Complète ce tableau, en indiquant chaque fois que nécessaire la scène et l'acte ou, au contraire, ce qui se passe, sous la forme d'une phrase résumant la scène.

Ce qui se passe	Acte et scène
	I, 1
Réconciliation des époux.	
	I, 3 et I, 4
Sganarelle devient médecin.	I, 5
	II, 2
	II, 2 et 3 et III, 3
Sganarelle examine Lucinde.	
	II, 5
Léandre grimé en apothicaire s'entretient avec Lucinde qui retrouve la parole. Ils s'enfuient.	
	III, 8
Sganarelle est condamné à être pendu comme complice. Martine arrive.	
	III, 11

Péripéties et coups de théâtre

2 La scène 2 de l'acte I est-elle une péripétie*ou un coup de théâtre*.

3 Quel coup de théâtre survient à la scène 6 de l'acte III ? En quoi fait-il évoluer l'action ?

4 Quel coup de théâtre apporte une solution à la situation de Lucinde et Léandre ? Pouvait-on le prévoir ?

Une comédie en deux intrigues

5 Pour compléter le relevé des différents épisodes du schéma que tu viens d'établir, il faut maintenant que tu les classes dans les deux intrigues qui se croisent dans la pièce.

La vengeance de Martine	Le mariage de Lucinde
....	....
....	....

Faire le bilan

6 **Rebondissements.** Quels rôles jouent les péripéties et les coups de théâtre dans l'intrigue et l'action dramatique ? Donne au moins un exemple.

À ton avis

7 **L'intrigue.** Trouves-tu l'intrigue de la pièce intéressante et originale ? Réponds en comparant avec l'intrigue d'autres pièces de Molière.

Écrire maintenant

8 **Résumer.** Rédige un bref résumé de la pièce, en tâchant de ne rien oublier d'essentiel.

Étape 5 • Étudier la scène de la consultation

SUPPORT : Acte II, scène 4 (pages 54 à 58)

OBJECTIF : À travers la scène de la consultation, comprendre la notion de satire.

Une consultation mise en scène

1 Cette scène suit les étapes « classiques » d'une consultation. Indique les lignes correspondant à chaque étape.

L'interrogatoire du malade	
L'auscultation	
Le diagnostic	
L'explication de l'origine de la maladie	
La prescription d'un traitement	

Une consultation comique

2 Comment se passe l'interrogatoire de la malade ? Qui répond en fait ? Pourquoi ?

3 Explique comment Sganarelle trouve la maladie de Lucinde. En quoi est-ce comique ?

4 Explique pourquoi Sganarelle parle latin (l. 696 à 700). Appuie-toi en particulier sur les réactions de son auditoire.

5 Que peut-on dire du remède (l. 739 à 745) prescrit par Sganarelle ? Fallait-il être médecin pour le trouver ?

6 Le médecin apparaît-il comme un personnage « savant » et sérieux dans cette scène ?

La langue et le style

7 Le langage médical. Molière imite le langage médical en utilisant plusieurs procédés. Trouve un exemple au moins d'utilisation :

- de vocabulaire « scientifique »,
- de ton d'autorité,
- du présent de vérité générale pour définir,
- référence, de manière fantaisiste, à un auteur de l'Antiquité,
- de mots latins.

Faire le bilan

8 La satire. Explique ce qu'est une satire* en complétant le texte avec les mots suivants : satire – mœurs – rire – caricaturale – médecine.

Une .... consiste à critiquer les .... par le .... en présentant un sujet de manière .... et comique. Par exemple *Le Médecin malgré lui* est une satire de la ....

9 En quoi cette consultation ridiculise-t-elle les médecins ?

À ton avis

10 Les médecins. Les médecins d'aujourd'hui ressemblent-ils à Sganarelle ? Explique pourquoi ?

Écrire maintenant

11 Écrire une lettre. Lucinde écrit à Léandre pour lui raconter cette scène. Rédige sa lettre, sans oublier qu'elle fait semblant d'être malade et que Léandre est informé de cette ruse.

Étape 6 • Étudier la satire de la médecine

SUPPORT : La pièce et les documents de l'enquête

OBJECTIF : Identifier la critique des médecins dans la pièce.

La médecine : un thème très présent

1 Quels personnages se déguisent dans la pièce ? En quoi ?

2 Relis la scène 5 de l'acte I. Qu'est-ce qui décide Sganarelle à devenir médecin ?

☐ la peur des coups

☐ le désir de fuir Martine

☐ l'argent

3 Trouve deux autres scènes où apparaît la même motivation. Qu'est-ce que cela nous apprend sur les médecins de l'époque ?

4 Les scènes de consultation sont nombreuses. Récapitule les scènes en complétant ce tableau.

Thème	Scène
Consultation de Lucinde	....
Fausse consultation de Léandre	....
Consultation de Thibault et Perrin	....

La mise en scène des médecins

5 Sganarelle cite Hippocrate (II, 2, l. 517) et Aristote (II, 4, l. 684). Qui sont ces auteurs et pourquoi ces citations ? Aide-toi du dossier pour répondre.

6 Confronte les deux scènes de consultation et les informations de l'enquête. Que peux-tu en conclure sur les connaissances de Molière sur la médecine de son époque ?

La satire des médecins

7 Lorsque Sganarelle est face à Jacqueline, pourquoi utilise-t-il la médecine ?

8 Explique pourquoi Molière a choisi un bûcheron ivrogne pour le déguiser en médecin.

9 Quel usage Sganarelle fait-il du latin ? Réponds en t'appuyant sur une citation précise.

10 À ton avis, pourquoi Sganarelle et Léandre peuvent-ils se faire passer aussi facilement pour médecin et apothicaire ?

Faire le bilan

11 **Les médecins et leurs défauts.** Quels défauts des médecins la pièce de Molière dénonce-t-elle ?

À ton avis

12 **Les médecins aujourd'hui.** Quels reproches pourrait-on faire aux médecins d'aujourd'hui ?

Écrire maintenant

13 **Un traitement médical.** À la manière de Sganarelle (III, 6, l. 1072 à 1080), imagine un « traitement médical » pour faire face à une situation de la vie courante (un élève qui a de mauvaises notes, un enfant qui veut échapper à une punition…).

Étape 7 • Étudier le dénouement

SUPPORT : Acte III, scènes 9, 10 et 11

OBJECTIF : Comprendre le dénouement d'une comédie-farce.

Un renversement inopiné

1 Qui revient à la scène 9 ?

☐ Jacqueline

☐ Martine

☐ Lucinde

2 Qui revient à la scène 10 ?

3 Pour quelle raison Léandre revient-il ?

☐ Il est fatigué de fuir.

☐ Il est rattrapé par les gendarmes.

☐ Il est devenu riche et il peut épouser Lucinde.

4 Comment la pièce se termine-t-elle pour le couple Lucinde / Léandre et pour celui de Sganarelle / Martine ?

5 Cette fin était-elle prévisible ? Quel coup de théâtre la rend possible ?

6 Un tel renversement de situation est-il vraisemblable ?

Un dénouement classique de comédie-farce

7 Quels sont les personnages présents ? Parlent-ils tous ?

8 Montre que la fin est heureuse pour tous les personnages.

La langue et le style

9 **Le cynisme.** Analyse le dialogue de la scène 9. Pourquoi les réactions de Martine sont-elles inadaptées à la situation ?

10 **Un père avide.** « Monsieur, votre vertu m'est tout à fait considérable » (l. 1151), dit Géronte à Léandre.
Qu'entend-il par vertu à ton avis ? De qui Molière se moque-t-il ici ?

11 **Des émotions.** Les phrases exclamatives sont très nombreuses dans ces trois scènes. Relèves-en plusieurs et explique pourquoi les personnages s'exclament autant à ce moment de la pièce.

12 **Valet ou médecin.** Caractérise le style de la dernière réplique de Sganarelle (l. 1159 à 1163). Parle-t-il comme un valet ou comme un médecin ?

Faire le bilan

13 **La comédie-farce.** Quels sont les éléments d'un dénouement de comédie-farce ? Complète le texte avec les mots suivants pour avoir la réponse : heureuse – solution – présents – mariage – renversement de situation.

Une comédie-farce se termine par une fin .... dans laquelle chaque problème trouve une .... et où tous les personnages sont .... Il y a souvent un ...., rendu possible par un .... providentiel.

À ton avis

14 **La fin d'une comédie.** Selon toi, une comédie doit-elle forcément avoir une fin heureuse ? Pourquoi ?

Écrire maintenant

15 **Une suite.** Que vont devenir Sganarelle et Martine ? Rédige un court récit pour raconter la suite de leurs aventures.

Étape 8 • Analyser différentes mises en scène de la pièce

SUPPORT : plats de couverture et cahier central pour les photos couleurs ; chaîne You Tube Théâtre Hatier pour les extraits vidéos de la mise en scène de J. Liermier.

OBJECTIF : Observer et comparer trois différentes interprétations de la pièce.

Découvrir trois mises en scène

1 Reconnaître un moment précis.

a. Indique pour chaque photo le passage correspondant dans la pièce.

Document	Scène	Passage
Photo 4	Acte ...., scène	Lignes .... à ....
Photo 5	Acte ...., scène	Lignes .... à ....
Photo 6	Acte ...., scène	Lignes .... à ....

b. Justifie oralement ta réponse par l'analyse précise d'éléments (gestes, postures, accessoires) présents dans la mise en scène.

2 Les décors.

a. Caractérise le décor de chaque mise en scène en reliant chaque photo avec la description du décor qui lui convient.

Photo 2 • • un décor moderne

Photo 5 • • un décor symbolique

Photo 6 • • un décor absent

b. Comparer les photos 1 et 5. Quels lieux représentent ces deux décors dans la mise en scène de Jean Liermier ? Quelles indications donnent-ils sur les personnages qui les habitent ?

3 Les costumes.

a. D'après les photos 3, 4 et 5, quelle mise en scène présente des costumes qui se rapprochent le plus de ceux du XVIIe siècle ?

b. Photo 4, que peux-tu dire des deux valets ?
Quels indices te permettent de dire avec certitude que l'un est Lucas et l'autre Valère ?

Comparer les trois mises en scène

4 L'image du médecin.

Les photos 1, 2 et 3 se rapportent à la scène de la consultation (acte II, scène 4). Comment reconnais-tu le médecin dans chaque mise en scène ?

5 Les choix de mise en scène.

Comment caractériser la consultation de chaque mise en scène ? Relie les éléments comme il convient.

Photo 1 •	• une consultation actuelle
Photo 2 •	• une consultation comique
Photo 3 •	• une consultation à l'époque de Molière

À ton avis

6 En costume d'époque. Penses-tu qu'il faille jouer *Le Médecin malgré lui* dans un décor et avec des costumes d'époque ou, au contraire, qu'il faille le transposer dans un décor et des costumes contemporains ? Réponds en justifiant ta réponse.

7 Faire rire. L'objectif de Molière est de faire rire et de critiquer la médecine. D'après toi, laquelle de ces trois mises en scène est la plus efficace pour atteindre ce but ? Réponds en justifiant ta réponse.

8 Ta préférence. Quelle est ta mise en scène préférée ? Justifie ta réponse de manière argumentée.

Le mariage à l'époque de Molière : groupement de documents

OBJECTIF : Comparer plusieurs documents sur le thème du mariage.

DOCUMENT 1 *Un curieux projet de mariage.*

Argan annonce à sa fille Angélique qu'il a décidé de la marier. Elle est ravie, jusqu'à ce qu'elle comprenne que le promis n'est pas celui qu'elle aime mais un jeune médecin, Thomas Diafoirus. Angélique ne sait quoi dire ; heureusement, sa servante, Toinette, prend sa défense...

TOINETTE. – Quoi, Monsieur, vous auriez fait ce dessein burlesque[1]? Et avec tout le bien[2] que vous avez, vous voudriez marier votre fille avec un médecin ?

ARGAN. – Oui. De quoi te mêles-tu, coquine, impudente que tu es ?

TOINETTE. – Mon Dieu tout doux, vous allez d'abord aux invectives. Est-ce que nous ne pouvons pas raisonner ensemble sans nous emporter ? Là, parlons de sang-froid. Quelle est votre raison, s'il vous plaît, pour un tel mariage ?

ARGAN. – Ma raison est, que me voyant infirme, et malade comme je suis, je veux me faire un gendre, et des alliés médecins, afin de m'appuyer de bons secours contre ma maladie, d'avoir dans ma famille les sources des remèdes qui me sont nécessaires, et d'être à même[3] des consultations, et des ordonnances.

TOINETTE. – Hé bien, voilà dire une raison, et il y a plaisir à se répondre doucement les uns aux autres. Mais, Monsieur, mettez la main à la conscience. Est-ce que vous êtes malade ?

ARGAN. – Comment, coquine, si je suis malade ? si je suis malade, impudente ?

TOINETTE. – Hé bien oui, Monsieur, vous êtes malade, n'ayons point de querelle là-dessus. Oui, vous êtes fort malade, j'en demeure d'accord, et plus malade que vous ne pensez ; voilà qui est fait. Mais votre fille doit épouser un mari pour elle ; et n'étant point malade, il n'est pas nécessaire de lui donner un médecin.

1. **Burlesque** : ridicule. 2. **Le bien** : la richesse. 3. **Être à même** : avoir à ma disposition.

ARGAN. – C'est pour moi que je lui donne ce médecin ; et une fille de bon naturel doit être ravie d'épouser ce qui est utile à la santé de son père.

TOINETTE. – Ma foi, Monsieur, voulez-vous qu'en amie je vous donne un conseil ?

ARGAN. – Quel est-il ce conseil ?

TOINETTE. – De ne point songer à ce mariage-là.

ARGAN. – Hé la raison ?

TOINETTE. – La raison, c'est que votre fille n'y consentira point.

ARGAN. – Elle n'y consentira point ?

Molière, *Le Malade imaginaire*, 1673, acte I, scène 5.

DOCUMENT **2** ***Mariage d'amour ou mariage d'argent.***

HARPAGON. – Ici, Valère. Nous t'avons élu pour nous dire qui a raison, de ma fille ou de moi.

VALÈRE. – C'est vous, Monsieur, sans contredit.

HARPAGON. – Sais-tu bien de quoi nous parlons ?

VALÈRE. – Non ; mais vous ne sauriez avoir tort, et vous êtes toute raison.

HARPAGON. – Je veux ce soir lui donner pour époux un homme aussi riche que sage ; et la coquine me dit au nez qu'elle se moque de le prendre. Que dis-tu de cela ?

VALÈRE. – Ce que j'en dis ?

HARPAGON. – Oui.

VALÈRE. – Eh, eh.

HARPAGON. – Quoi ?

VALÈRE. – Je dis que dans le fond je suis de votre sentiment ; et vous ne pouvez pas que vous n'ayez raison[1]. Mais aussi n'a-t-elle pas tort tout à fait, et...

HARPAGON. – Comment ? Le seigneur Anselme est un parti considérable ; c'est un gentilhomme[2] qui est noble, doux, posé, sage, et

1. **Vous ne pouvez pas que vous n'ayez raison** : vous ne pouvez pas avoir tort.
2. **Un gentilhomme** : un noble.

fort accommodé, et auquel il ne reste aucun enfant de son premier mariage. Saurait-elle mieux rencontrer ?

VALÈRE. – Cela est vrai. Mais elle pourrait vous dire que c'est un peu précipiter les choses, et qu'il faudrait au moins quelque temps pour voir si son inclination[3] pourra s'accommoder avec.

HARPAGON. – C'est une occasion qu'il faut prendre vite aux cheveux. Je trouve ici un avantage qu'ailleurs je ne trouverais pas, et il s'engage à la prendre sans dot[4].

VALÈRE. – Sans dot ?

HARPAGON. – Oui.

VALÈRE. – Ah ! je ne dis plus rien. Voyez-vous ? voilà une raison tout à fait convaincante ; il se faut rendre à cela.

HARPAGON. – C'est pour moi une épargne considérable.

VALÈRE. – Assurément, cela ne reçoit point de contradiction. Il est vrai que votre fille vous peut représenter[5] que le mariage est une plus grande affaire qu'on ne peut croire ; qu'il y va d'être heureux ou malheureux toute sa vie ; et qu'un engagement qui doit durer jusqu'à la mort ne se doit jamais faire qu'avec de grandes précautions.

HARPAGON. – Sans dot.

VALÈRE. – Vous avez raison : voilà qui décide tout, cela s'entend. Il y a des gens qui pourraient vous dire qu'en de telles occasions l'inclination d'une fille est une chose sans doute où l'on doit avoir de l'égard ; et que cette grande inégalité d'âge, d'humeur et de sentiments, rend un mariage sujet à des accidents très fâcheux.

HARPAGON. – Sans dot.

VALÈRE. – Ah ! il n'y a pas de réplique à cela : on le sait bien ; qui diantre peut aller là contre ? Ce n'est pas qu'il n'y ait quantité de pères qui aimeraient mieux ménager la satisfaction de leurs filles que l'argent qu'ils pourraient donner ; qui ne les voudraient point sacrifier à l'intérêt, et chercheraient plus que toute autre chose à mettre dans un mariage cette douce conformité qui sans cesse y maintient l'honneur, la tranquillité et la joie, et que.

3. **Son inclination** : ses sentiments.
4. **Dot** : somme d'argent que les parents donnaient à leur fille lors de son mariage.
5. **Représenter** : expliquer.

HARPAGON. – Sans dot.

VALÈRE. – Il est vrai : cela ferme la bouche à tout, sans dot. Le moyen de résister à une raison comme celle-là ?

HARPAGON, *il regarde vers le jardin*. – Ouais ! Il me semble que j'entends un chien qui aboie. N'est-ce point qu'on en voudrait à mon argent ? Ne bougez, je reviens tout à l'heure.

Molière, *L'Avare*, 1668, acte I, scène 5.

DOCUMENT 3 ***Un couple bien mal assorti.***

« Oronte a cinquante ans, se marie avec une jeune fille de famille de seize ans », 1845.

Illustration de Grandville (1803-1847) pour « des biens de fortune » dans *Les Caractères* de Jean de la Bruyère, 1688.

Lire les textes

Document 1

1 Pourquoi Argan veut-il marier sa fille à un médecin ?

2 Que pense Toinette de ce mariage ?

3 Quels sont ses arguments contre ce mariage ?

Document 2

4 Pourquoi Harpagon veut-il marier sa fille à Anselme ?

5 Valère est-il d'accord avec ce projet ou fait-il semblant ? Explique pourquoi.

6 Que doit-on privilégier selon lui dans le mariage ?

Documents 1 et 2

7 En quelle mesure peut-on comparer ces deux personnages de père ?

Lire l'image

8 De quelle époque date cette gravure ? Quels éléments évoquent cependant l'époque de Molière ?

9 Quels contrastes visuels expriment la disparité entre les époux ?

10 Cette image est-elle satirique ?

11 Quel est le rang social de ces deux époux? Justifie ta réponse.

12 Que signifie l'expression des deux époux ? Sont-ils satisfaits ou non ?

13 Fais une recherche sur *L'École des femmes* de Molière. À quels personnages de cette pièce ces deux époux font-ils penser ?

Comparer les documents

14 En quoi les situations d'Angélique et d'Élise sont-elles comparables ?

15 Et la situation de Lucinde ? Est-elle semblable ?

16 Qui est favorable au mariage « arrangé » et qui est partisan du mariage « d'amour » ? Retrouve-t-on cette opposition dans *Le Médecin malgré lui* ? Complète le tableau suivant avec les personnages de chaque pièce, selon leur rang et leur avis en matière de mariage.

	Favorables au mariage arrangé		**Favorables au mariage d'amour**	
	Maîtres	**Valets**	**Maîtres**	**Valets**
Le Malade Imaginaire				
L'Avare				
Le Médecin Malgré lui				

17 En t'appuyant sur le tableau, complète cette phrase.

Ce sont plutôt les .... qui sont favorables au mariage arrangé, tandis que les .... et les .... sont eux favorables au mariage d'amour.

18 Cette gravure pourrait-elle servir d'illustration à un des textes du groupement ? Lequel et pourquoi ?

Débattre maintenant

19 Au XVIIe siècle, le conjoint était choisi par le père ou les parents. Qu'en penses-tu ? Selon toi, qui doit choisir le conjoint et sur quels critères ?

Écrire maintenant

20 Toinette se marie : en t'appuyant sur le document 1 imagine et rédige le portrait du mari idéal de Toinette.

De grandes découvertes font évoluer la science médicale du XVIIe siècle. Pourtant, à l'époque de Molière, les médecins de ville, ceux qui soignent au quotidien, ressemblent plus à Sganarelle et à Diafoirus, le médecin du Malade imaginaire de Molière qu'à nos actuels docteurs : ils portent un costume extravagant, parlent un langage incompréhensible et soignent rarement leurs malades.

Quelle médecine pratique-t-on au XVIIe siècle ?

1 Comment devient-on médecin au XVIIe siècle ?

Les études de médecine sont alors fondées sur la lecture et le commentaire des textes anciens d'Aristote[1], d'Hippocrate[2] et de Galien: le professeur lit les textes, les commente et les élèves les répètent. Le médecin est considéré comme un savant car le prestige des Anciens rejaillit sur lui, mais l'observation et à l'expérience n'ont aucune part dans sa formation: il n'a jamais fait de dissection ni même rencontré un malade. Si une maladie est en contradiction avec Hippocrate ou Aristote, le malade a tort et la maladie n'existe pas!

• MÉDECIN : UN ART DE PAROLE ET DE PARAÎTRE

Le médecin est d'abord un beau parleur qui connaît bien Aristote et Hippocrate.

Molière l'a bien compris, en créant des docteurs qui impressionnent leurs patients par un costume imposant et par un langage savant, mêlé de latin et de grec, que personne ne comprend.

Ce langage peut même être sans rapport avec la matière médicale: un latiniste débutant comprend que le «diagnostic» de Sganarelle à la scène 4 de l'acte II est une leçon de rhétorique!

• CHIRURGIEN : UN ART D'EXÉCUTION

Les chirurgiens ne sont pas médecins à l'époque de Molière.

Pour apprendre le métier, ils entrent chez un «maître» et se forment ainsi sur le tas, en regardant, puis en pratiquant à leur tour les principales opérations : saigner, panser, inciser les abcès, réduire une fracture... Dépourvus de formation théorique et générale, ils sont considérés comme des artisans et leur métier est bien moins prestigieux que celui de médecin.

1. Aristote : philosophe grec du IVe siècle avant J.-C. Sa description de la nature sert de base aux études médicales à l'époque de Molière.

2. Hippocrate : médecin grec du IVe siècle avant J.-C., auteur du «Serment d'Hippocrate», toujours prêté par les médecins.

2 Quelles sont les théories médicales de l'époque ?

Le discours des médecins respecte celui de l'Église : maladie et guérison sont les fruits de la volonté divine car Dieu est la cause première de tout. La médecine intervient donc seulement sur les causes secondes, responsables de l'irruption de la maladie, expliquées à l'aide de théories diverses, dont la principale et celle des « humeurs ».

Le tempérament humain, les quatre humeurs : flegmatique, sanguin, mélancolique et colérique, Londres, The British Library.

● LA THÉORIE DES QUATRE HUMEURS

À l'époque, on croit que quatre éléments opposés et complémentaires composent le monde : la terre, l'eau, le feu et l'air ayant pour qualités respectives le sec, l'humide, le chaud et le froid. Par analogie, le médecin Claude Galien[3] en déduit que le corps humain est composé de quatre humeurs : le sang (sécrété par le cœur, il est chaud et humide), la bile (sécrétée par le foie, elle est chaude et sèche), l'atrabile (sécrétée par la rate, elle est froide et sèche) et la lymphe (sécrétée par le cerveau, elle est froide et humide).
On s'imagine donc que la santé, c'est l'équilibre des humeurs. Mais, si les humeurs deviennent « peccantes »[4], c'est la maladie et il faut soigner.

3. Galien : médecin romain du IIe siècle après J.-C. dont

4. La théorie des quatre humeurs s'appuie sur la théorie

● PEUT-ON AIDER LA « NATURE » ?

Deux écoles s'affrontent. La médecine « expectante » considère que la nature fait bien les choses et qu'en cas de maladie, il faut attendre la guérison, en aidant discrètement cette nature.

La médecine « agissante »[1], au contraire, agit vigoureusement pour rétablir l'équilibre. C'est là la méthode dénoncée par Molière : *saignare, purgare et clysterium donare*, « saigner, purger et donner des clystères », et recommencer jusqu'à ce que le corps soit libéré des humeurs « peccantes » et retrouve son équilibre.

Abraham Bosse, *Les métiers, Le clystère* (1632-1633), gravure, Paris, BNF.

Saigner : une médecine meurtrière

À l'époque de Molière, on saigne à tout va : « plus on tire de l'eau d'un puits, plus il en revient de bonne ; [...] le semblable est du sang et de la saignée » écrit Botallo, médecin d'Henri III. On saigne aussi bien les adultes que les enfants, ce qui peut avoir des conséquences tragiques : en août 1726, la jeune duchesse d'Orléans, meurt, affaiblie par une saignée au cours de son accouchement. On saigne à proximité du siège de la maladie : au front, aux tempes ou au coin des yeux pour les maux de tête, au bras gauche pour les maux de cœur, etc. L'opération elle-même est risquée. Mal faite, elle provoque abcès et infections.

On purge !

Comme la saignée, le lavement vide le corps des humeurs « peccantes » en provoquant les selles ou le vomissement. Le plus célèbre de ces traitements est une sorte de grosse seringue, le clystère. Administrée par les apothicaires, « limonadiers des postérieurs » selon une expression de l'époque, ou par les servantes dans les maisons bourgeoises, cette médication est suremployée. Ainsi Louis XIV aurait subi plus de 2 000 lavements au cours de sa vie !

1. La médecine « agissante » aide la nature jusqu'à la brutaliser.

3 Comment se déroule une consultation ?

Pour connaître la maladie, le médecin n'ausculte pas son malade : c'est une tâche manuelle et donc vile que l'on confie au chirurgien. Pour établir son diagnostic, il se fie à l'interrogatoire et à l'observation du malade et de son entourage.

• L'OBSERVATION DU MALADE[2]

Le médecin observe le visage, la langue, les yeux, le pouls, les urines – qui sont goûtées pour compléter l'examen ! – les selles et le sang. Il en résulte un vocabulaire très riche et apparemment précis pour décrire ces éléments, mais qui ne permet aucune observation positive et dont Molière a bien perçu l'aspect comique.

• LA CONSULTATION PAR CORRESPONDANCE[3]

L'importance de l'interrogatoire pousse aussi à la pratique de la consultation par correspondance : le médecin envoie un questionnaire détaillé au patient, qui le lui renvoie renseigné, éventuellement avec un flacon d'urine ou de sang. Et hop ! le tour est joué.

Le gazetier[4], Théophraste Renaudot, a même l'idée de publier en 1642 un formulaire de consultation au titre judicieux : « La Présence des absents, ou facile moyen de rendre présent au médecin l'état d'un malade absent. ».

Prendre ou dire le pouls ?

La Martinière nous apprend, en 1667, que le pouls est égal ou inégal. S'il est égal, il peut être véhément ou languide ; s'il est inégal, il sera réciproque, intermittent ou défaillant.
Mais, comme rien n'est simple, le pouls peut encore être petit, dur, tendu, élancé, convulsif, rare, languide, tardif, ondoyant, vermiculant, fourmillant, tremblant, ondeux, large, mol...
On ignore alors que le pouls n'indique rien d'autre que le rythme des pulsations cardiaques !

2. Le médecin n'ausculte pas. Il observe...

3. Il interroge le malade, même à distance.

4. Gazetier : rédacteur dans une gazette (on dirait aujourd'hui journaliste).

4 Quels médicaments utilise-t-on ?

Le médecin, à l'instar du gendarme, va rarement seul : il est souvent accompagné par un apothicaire[1]. Mélange d'herboriste, de chimiste et d'épicier, l'apothicaire utilise une pharmacopée – une série de médicaments – dont la variété est aussi surprenante que l'absence de spécificité, c'est-à-dire qu'une même substance guérit de nombreuses maladies. En réalité, il s'agit plus de magie que de science véritable...

• DES PLANTES POUR SOIGNER

Les plantes[2] médicinales sont nombreuses, on peut citer par exemple l'ail vermifuge[3], l'aristoloche anti-inflammatoire[4], la bourdaine laxative, la lavande calmante.

On récolte ces plantes à une saison choisie de l'année, en raison de leur cycle de croissance, mais aussi à des moments précis, pour des raisons mi-naturelles, mi-magiques. Ainsi on récoltera en fonction des phases de la lune ou bien la nuit de la Saint-Jean, le 24 juin, ce moment permettant en principe d'obtenir une plante plus active.

Le vin « qui réjouit le cœur de l'homme », et des boissons exotiques et nouvelles à l'époque : le thé, le café et le chocolat sont aussi considérés comme des médicaments.

Ail, scille, planche extraite de *Florilegium amplissimum et selectissimum* (XVIIe siècle), gravure, Paris, BNF.

1. C'est l'apothicaire qui fabrique les médicaments.

2. Toutes sortes de plantes sont alors utilisées

3. **Vermifuge :** qui tue ou expulse les vers

Le jeune Louis XIV, qui avait l'âme d'un cuisinier et aimait concocter de petits plats dans ses appartements, n'avait pas un très grand penchant pour le chocolat et déclara que « cet aliment trompe la faim mais ne remplit pas l'estomac ».

Un médicament exotique

Introduit en Europe par les Espagnols après la conquête du Mexique, le chocolat apparaît en France lors de la première moitié du XVIIe siècle. Il intéresse rapidement les médecins car, selon Furetière, il « rafraîchit les estomacs trop chauds et échauffe ceux qui sont trop froids ». Mais on se méfie tout de même de cette boisson nouvelle aux effets incertains : « La marquise de Coetlogon prit tant de chocolat étant grosse qu'elle accoucha d'un petit garçon noir comme un diable, qui mourut. » écrit ainsi Madame de Sévigné le 25 octobre 1671 à sa fille.

Pharmacopée animale

« Pour les animaux, j'entends non seulement ceux qui sont employés entiers, comme les scorpions, les grenouilles, les vers, les cloportes, les petits chiens, les fourmis, les cantharides, les lézards, etc. mais toutes les parties des animaux qui peuvent être employées par la médecine, sans en excepter leurs excréments et leurs superfluités. »

Moïse Charas, *Pharmacopée royale, 1676.*

4. Anti-inflammatoire : qui combat les inflammations, les irritations de l'organisme.

• LES ANIMAUX EMPLOYÉS EN PHARMACIE

Les substances animales[1] utilisées alors en pharmacie, reposent sur de fumeux principes d'analogie (ressemblance entre le médicament et la maladie à traiter). Par exemple on utilise le poumon de renard contre les maladies pulmonaires, le cerveau de moineau contre l'épilepsie.

• DE RARES ÉLÉMENTS CHIMIQUES. L'ÉMÉTIQUE

Trois corps chimiques[2], le plomb, le mercure (ou vif-argent) et l'antimoine participent à la pharmacopée. Le troisième, qui se rapproche de l'arsenic, entre dans la composition de l'émétique qui va provoquer une querelle, les uns disant qu'il s'agit d'un poison, les autres d'un remède souverain. Finalement, l'émétique gagne la partie grâce à un miracle. En juillet 1658, pendant la campagne de Flandres, Louis XIV, gravement malade, est sauvé par un médecin qui le purge 22 fois à l'émétique. Après cet « éclatant exemple », l'émétique s'impose dans les officines[3] de toute l'Europe.

La pilule perpétuelle

Après avoir guéri le roi en Flandres, l'émétique est partout. On invente même une pilule perpétuelle : c'est une petite balle, avalée par le malade et qui ressort… intacte. Ainsi – une fois rincée, tout de même ! – la pilule ressert indéfiniment !

Se dorer la pilule

Les médicaments pour les riches malades étaient roulés dans de la poudre d'or. On dorait leurs pilules ! Mais cela avait pour conséquence de rendre la pilule étanche, de sorte qu'elle traversait l'organisme sans que le principe actif puisse se répandre dans le corps !

1. On utilise également des substances animales

2. Très peu d'éléments chimiques entrent alors

3. Officine : local où l'apothicaire préparait

5 Peut-on pourtant parler des progrès de la médecine ?

Malgré les pratiques fantaisistes des médecins de ville, la science médicale progresse à pas de géant au XVIIe siècle, grâce aux découvertes et aux avancées du siècle précédent.

• VÉSALE ET AMBROISE PARÉ

Rappelons en effet qu'au XVIe siècle, Vésale bouleverse la connaissance anatomique[4]. On se bouscule à ses séances de dissections publiques à l'université de Padoue, sur des corps de condamnés ou de suicidés. La chirurgie devient, elle aussi, une discipline. Ambroise Paré invente la ligature des artères en 1552 et sauve des amputés d'une mort quasi-certaine.

• LE DÉBAT AUTOUR DE LA CIRCULATION DU SANG

Le médecin anglais William Harvey découvre et explique la circulation du sang[5], ce qui remet en cause les préceptes d'Hippocrate et provoque une querelle dans toute l'Europe. Louis XIV tranche en faveur des circulateurs. C'est la première fois qu'un roi intervient dans le débat scientifique.

• LA RÉVOLUTION DU MICROSCOPE

L'invention du microscope[6] permet d'observer les microbes, les globules rouges du sang et les cellules. Cela permet même, en 1677, avec la découverte des spermatozoïdes, de remettre en cause la théorie de la génération spontanée (croyance selon laquelle les être vivants se forment seuls).

• LA CRÉATION D'HÔPITAUX

Louis XIV lui-même participe aux progrès de la médecine en décidant de créer un hôpital dans chaque grande ville afin d'y accueillir toute personne en difficulté. Mais ils ne deviendront des lieux d'enseignement qu'au XVIIIe siècle, étape fondamentale pour que les médecins deviennent réellement des praticiens, comme ils le sont aujourd'hui.

4. Anatomie : étude de la composition et de la forme

5. On découvre que le sang circule.

6. Le microscope permet de découvrir

Petit lexique de la comédie

Accessoires	Les petits objets (bâton, bouteille, chapeau...) utiles à la représentation.
Acte	Nom donné à chacune des grandes parties d'une pièce de théâtre. Le plus souvent, le changement d'acte correspond à un changement de lieu ; le rideau se ferme pour permettre le changement de décor.
Aparté	Il y a aparté lorsqu'un personnage parle sans être entendu d'un autre personnage, mais que le public lui l'entend.
Comédie	Pièce comique destinée à faire rire le public. Les pièces de Molière sont des comédies.
Comédien	Personne qui joue la comédie, incarne un personnage d'une pièce. ***Syn.*** Acteur.
Commedia dell'arte	Genre théâtral italien dans lequel, à partir de personnages (Arlequin, Scaramouche, Pierrot, Colombine, Matamore...) et de situations types (les *lazzi*), les comédiens développent une action en improvisant.
Coup de théâtre	Événement inattendu qui modifie radicalement le cours de l'action.
Décor	Sous forme de meubles et de grandes toiles peintes placées au fond de la scène, le décor reconstitue le lieu de l'action (forêt, chambre...) sur la scène.
Dénouement	Fin de la pièce, moment où tout s'explique et se résout.
Didascalie	Indication, figurant en italique dans le texte de la pièce, sur le décor, les costumes, le ton ou les gestes.
Farce	Pièce courte au comique grossier où les gestes ont autant d'importance que le texte.
Improviser	Jouer spontanément, sans avoir appris de texte, une situation donnée. Les spectacles de la *Commedia dell'arte* sont toujours improvisés.

Metteur en scène — Personne qui dirige les acteurs (mouvements, intonations), choisit les décors et les costumes pour la représentation.

Monologue — Passage où un personnage parle seul sur scène.
Par convention, on considère que le monologue exprime les pensées d'un personnage aux spectateurs.

Péripétie — Changement de situation.

Personnage — Personne qui apparaît dans une pièce de théâtre et qui doit être représentée par un acteur.

Pièce de théâtre — Texte fait pour être représenté au théâtre.

Quiproquo — En latin : « ceci pour cela ». Situation où l'on prend une personne pour une autre, où l'on comprend de travers et qui génère des effets comiques, parfois en cascade.

Réplique — Ce qu'un acteur doit dire en une seule fois.
Dans le texte de la pièce, devant chaque nouvelle réplique, est écrit le nom du personnage qui parle.

Représentation — Action de donner un spectacle devant un public, en particulier au théâtre.

Scène — **1.** Lieu où jouent les acteurs.
On peut aussi parler des « planches » ou du « plateau ».
2. Nom donné à chacune des parties d'un acte.
On change de scène lorsqu'un personnage arrive ou s'en va.

Théâtre — Le mot désigne aussi bien le lieu (la salle) que ce qui s'y déroule (la pièce).

Tirade — Longue réplique, dans laquelle un personnage développe une idée importante.

Tragédie — Genre théâtral inventé en Grèce, dans l'Antiquité.
Souvent en vers, une tragédie raconte les histoires terribles arrivées à des personnages mythologiques ou historiques.
Racine et Corneille ont écrit des tragédies.

À lire et à voir

● DES LIVRES ET DES FILMS POUR MIEUX CONNAÎTRE MOLIÈRE

Marie-Christine Helgerson
Louison et monsieur Molière
FLAMMARION, COLL. « CASTOR POCHE », 2000

Passionnée par le théâtre, fille de comédien, Louison se lie avec Molière qui écrit pour elle un rôle de fillette dans sa dernière pièce, *Le Malade imaginaire*. Ce récit romancé des derniers mois de la vie de Molière donne aussi des indications précieuses sur l'organisation du théâtre, la vie des acteurs et l'organisation d'une troupe de théâtre au XVIIe siècle.

Michel Laporte
Molière, Gentilhomme imaginaire
HACHETTE JEUNESSE, 2007

L'histoire de la vie de Molière à travers une série de témoignages imaginaires de ceux qui l'ont côtoyé ou croisé. Molière est ainsi raconté par un apprenti de son père, une comédienne de sa troupe, un barbier, un clerc de notaire.

Film de Ariane Mnouchkine, 1978
Molière
avec Philippe Caubère, Joséphine Derenne, Brigitte Catillon...

Une fresque magistrale, devenue un classique, par l'une des plus grands metteurs en scène contemporain, qui propose une lecture émouvante et profonde de l'aventure de Molière.

Film de Laurent Tirard, 2007
Molière
avec Romain Duris, Fabrice Lucchini et Ludivine Sagnier

Une vision romancée de la vie de Molière qui rencontre ses propres personnages...

www.toutmoliere.net

Un site très complet sur Molière et l'ensemble de son œuvre. La rubrique « Iconographie » propose de très nombreuses images.

DES PIÈCES DE MOLIÈRE À L'ÉCRAN

Film de Georges Folgoas

Le Médecin malgré lui

avec Jean Richard et Jacqueline Jefford

COLLECTION « LES CLASSIQUES DE AU THÉÂTRE CE SOIR », 1973.

Film de Jean-Paul Carrière

Le Malade imaginaire

avec Jacques Charon, Jacques Eyser, Georges Descrières, Jacques Toja, Simon Eine

COLLECTION « LA COMÉDIE FRANÇAISE », 1976.

DEUX AUTRES PIÈCES SUR LA MÉDECINE

Molière

Le Malade imaginaire, 1673

Argan est tellement persuadé d'être malade qu'il décide de marier sa fille avec le neveu de son médecin... Une comédie endiablée avec, fait rare dans l'œuvre de Molière, un personnage d'enfant, Louison.

Jules Romains

Knock, 1923

Le docteur Knock installe son cabinet dans une petite ville où la clientèle est rare. Qu'à cela ne tienne, grâce à son autorité il va convaincre tous les habitants du canton qu'ils sont malades... Knock est un digne héritier des médecins de Molière !

Classiques&Cie Collège en 6e

Voici une sélection de titres Classiques & Cie Collège pour les élèves de 6e, classés par grand thème du programme.

● INITIATION AU THÉÂTRE

13. MOLIÈRE, CAMI, TARDIEU, DEVOS, DUBILLARD - *Petites comédies*

Cinq petites comédies qui permettent de découvrir l'histoire du genre et la diversité des formes de comique.

58. MOLIÈRE - *Le Médecin volant* suivi de *l'Amour médecin*

Comment épouser celui qu'on aime quand son père s'y oppose ? Lucinde et Lucile ont la même idée : feindre la maladie et profiter de la crédulité de leur père.

10. MOLIÈRE - *Le Médecin malgré lui* (1666)

Pour se venger de Sganarelle, son mari qui boit et qui la bat, Martine raconte qu'il est un médecin, mais qu'il faut le battre pour qu'il le reconnaisse...

30. P. GRIPARI - *Le Bourricot* (1989), *Pour l'annonce* (1989)

Un paysan décide de vendre sa femme à la foire en la faisant passer pour un bourricot. Charles Perrault fait passer un entretien d'embauche au loup, à la Mère-grand et au Petit Chaperon rouge avant d'écrire son conte...

● TEXTES DE L'ANTIQUITÉ

44. Textes de l'Antiquité

Six grandes œuvres de l'Antiquité qui nous interrogent sur l'origine du monde, l'existence d'un au-delà, et le Bien et le Mal... : *Le Récit de Gilgamesh, La Bible, L'Iliade, L'Odyssée, L'Énéide et Les Métamorphoses.*

70. HOMÈRE - *L'Iliade*

Cela fait presque dix ans que les Grecs assiègent la ville de Troie quand Achille se met en colère contre Agamemnon. Quelles seront les conséquences de sa colère sur cette guerre interminable ?

29. HOMÈRE - *L'Odyssée*

À l'issue de la guerre de Troie, Ulysse erre pendant dix ans, sur les rivages de la Méditerranée, avant de à regagner son royaume d'Ithaque.

71. VIRGILE - *L'Énéide*

Ayant fui Troie incendiée par les Grecs, Énée erre sur la mer avec ses compagnons, son père Anchise et son fils Ascagne, à la recherche d'une terre où fonder une nouvelle patrie.

9. OVIDE - *Persée et autres Métamorphoses*

Quatorze récits qui mettent en scène des dieux et des héros célèbres, et nous racontent d'étonnantes métamorphoses.

3. V. KOENIG - *Nitocris, reine d'Égypte*

Le récit à suspense de la terrible vengeance de la pharaonne Nitocris et l'évocation très documentée de l'Égypte au temps des pyramides.

● CONTES ET RÉCITS MERVEILLEUX

11. PERRAULT - *Contes*

Une anthologie des contes les plus célèbres de Perrault : histoires d'ogres, de fées et de princesses...

4. PERRAULT, SOUPAULT, DIOP - *Contes d'ici et d'ailleurs*

Six contes de différents continents et de diverses époques. Des contes, tour à tour merveilleux, facétieux ou d'inspiration religieuse.

63. CARROLL - *Alice au pays des merveilles*

Quand Alice suit un lapin dans son terrier, elle est loin de se douter des aventures extraordinaires qu'elle va vivre.

63. HAMPÂTE BÂ - *La Révolte des bovidés et autres contes de la savane*

Dans la savane africaine, on raconte depuis des siècles des histoires merveilleuses qui permettent de comprendre les secrets du monde, la morale humaine et la vie comme elle est...

63. *Les Mille et Une Nuits*

Trompée par son épouse, Shahryar fait exécuter chaque matin la femme qu'il a épousée la veille. C'était sans compter sur le talent de Schéhérazade qui le tient en haleine chaque nuit avec de merveilleuses histoires.

Table des illustrations

Plat 2 ph © Mario Del Curto, Plat 3 ph © D.R. SITA productions, Encart I ph © D.R. SITA productions, Encart II, III ph © Régis Nardoux, Encart IV ph © Mario Del Curto, 2, 7, 8, 9 Coll. Archives Hatier, 12 ph © Marc Vanappelghem, 14-15 Coll. Archives Hatier, 23, 29, 40 Coll. Archives Hatier, 45, 55, 63 Coll. Archives Hatier, 80 Coll. Archives Hatier, 84-85 Coll. Archives Hatier, 86-87 Coll. Archives Hatier, 87, 89, 109 Coll. Archives Hatier, 115, 116 Coll. Archives Hatier, 118, 119 Coll. Archives Hatier

Iconographie : Hatier illustration
Principe de maquette : Marie-Astrid Bailly-Maître & Sterenn Haudiard
Suivi éditorial : Brigitte Brisse
Illustrations intérieures : Natacha Sicaud
Mise en pages : Facompo

Achevé d'imprimer par Grafica Veneta SpA - Italie
dépôt légal n° 98709-0/03 - Octobre 2016